एक टीचर की डायरी

एक टीचर की डायरी

भावना शेखर

प्रभात पेपरबैक्स
www.prabhatbooks.com

प्रकाशक

प्रभात पेपरबैक्स

4/19 आसफ अली रोड, नई दिल्ली–110002

फोन : 23289777 • हेल्पलाइन नं. : 7827007777

इ–मेल : prabhatbooks@gmail.com ❖ वेब ठिकाना : www.prabhatbooks.com

संस्करण

प्रथम, 2020

अ.मा.पु.स. 978-93-5322-716-6

EK TEACHER KI DIARY
by Smt. Bhavna Shekhar

Published by **PRABHAT PAPERBACKS**
4/19 Asaf Ali Road, New Delhi-110002

ISBN 978-93-5322-716-6

नोट्रे डेम एकेडमी
तेरा तुझको अर्पण!

मेरी बात

कभी नहीं सोचा था स्कूल टीचर बनूँगी। बिदकती थी, नाक-भौं सिकोड़ती थी। स्कूल टीचर मने फटीचर। सात साल तक बड़ी-बड़ी डिग्रियों और अढ़ाई सौ पृष्ठों के एम.फिल. के शोध निबंध के साथ चार-साढ़े चार सौ पृष्ठों के पी-एच.डी. के टाइप्ड (बाद में प्रकाशित) थीसिस ने मुझे डिगने नहीं दिया, पर बच्चे माँ-बाप को झुका देते हैं।

नोट्रे डेम एकेडमी में बेटी के एडमिशन के असाध्य लक्ष्य को साधने के लिए टीचर बन गई। कल्पना भी नहीं की थी कि वहाँ के स्टूडेंट्स मुझे इतने बरस तक अपने मोहपाश में बाँधे रखेंगे। अब जब कालखंड के इस पायदान पर आ पहुँची, जहाँ से अपनी कर्मभूमि को विदा कहने की बेला आई, तब जाना कि स्कूल टीचिंग क्या होती है।

इतना प्यार, इतना मोह, इतनी आत्मीयता, इतना गहरा जुड़ाव, इतने आँसू, इतनी भावनाएँ वे ही आप पर लुटा सकते हैं, जिनका मन पूर्णिमा के चाँद सा धवल और स्वाति की पहली बूँद सा निर्मल हो। अपने हजारों बच्चों की प्रेमातुरता और प्रेमातिरेक को देख मैं सचमुच अचंभित हूँ। कहीं नहीं मिलता ऐसा कोरा मन, जिस पर आपके लिखे शब्द शिलालेख की इबारत बन जाएँ। यह प्रोफेशन एक ऐसा वातायन है, जहाँ से आप एक पूरी नस्ल के कच्चे मन में झाँक सकते हैं, दाखिल हो सकते हैं, उनके मन की जमीन पर आदर्श और मूल्य रोप सकते हैं।

परिवार को संसार से जोड़ने की सबसे महत्त्वपूर्ण कड़ी हैं—स्कूल-कॉलेज, जहाँ नस्लें तैयार होती हैं। एक जमाना था, शिष्य गुरु के आदेश पर अपनी जान की बाजी लगा देते थे। एकलव्य ने पल भर में अपना अँगूठा काटकर गुरु को दे दिया। गुरु के लिए भी अपना शिष्य पुत्र से बढ़कर था। द्रोणाचार्य ने अपने बेटे को छोड़ अर्जुन को अपना शिष्य चुना। आज न वे गुरु हैं, न शिष्य। अब तो छात्र और

शिक्षक भी नहीं रहे। बचे हैं तो सिर्फ स्टूडेंट और टीचर। छात्र वे हैं, जो गुरु के अवगुणों को छतरी की तरह ढक लें और शिष्य वे हैं, जिन्हें गुरु में कोई अवगुण दिखे ही न। गुरु की परिभाषा भी कुछ कम नहीं, गुरु वे होते हैं, जिनमें गरिमा हो, बड़प्पन हो, ज्ञान हो, निष्पक्षता और निस्पृहता हो, निरभिमान और निर्लिप्तता हो।

आज तो बस वेतनभोगी टीचर और फीसदाता स्टूडेंट हैं, जिनमें क्लास की सीमा तक का चालीस-पचास मिनट का लेन-देन का सतही नाता है। टीचर का काम स्टूडेंट को जीविका के लिए तैयार करना है, न कि जीवन के लिए।

आए दिन हम सुनते हैं—टीचर ने छात्रों का शोषण किया या स्टूडेंट ने टीचर को गोली मार दी। इसका कारण मेरी समझ में इस महान् रिश्ते में विश्वास की मिठास का तेजी से चुकना है, पर कहीं-कहीं आज भी यह अनोखा रिश्ता साँस ले रहा है, बल्कि एक-दूजे में साँस फूँक रहा है।

शिक्षण का लंबा कालखंड मेरे जीवन का सबसे सुंदर अध्याय है, जिसने मुझे हर दिन समृद्ध किया। सच कहूँ तो मैंने सिखाया कम, सीखा ज़्यादा। मैंने सीखा कि शिक्षक में तीन गुण ज़रूरी हैं—'शि' से शिक्षा, 'क्ष' से क्षमा और 'क' से करुणा। मैंने इनमें एक और 'पिंच ऑफ ह्यूमर' जोड़कर अपनी छात्राओं को पढ़ाया। आज के स्टूडेंट्स को बाँधने के लिए आपको उनसे ज़्यादा स्मार्ट, उनसे ज़्यादा हाजिरजवाब और अपने विषय का गूढ़ ज्ञाता होने की आवश्यकता है। नई टेक्नोलॉजी से खुद को अपटूडेट रखना, निहायत ज़रूरी है वरना कब वे आपके कान कतरकर चल देंगे, पता ही नहीं चलेगा।

मिशनरी स्कूलों के उद्देश्यों को पूरा करने के लिए कुछ अतिरिक्त खूबियों की दरकार है। यदि आपमें कुछ कमियाँ हैं भी तो ये स्कूल आपको भी रगड़कर निखार देते हैं, जैसे मुझे।

हर साल अलग-अलग मिजाज की लगभग तीन सौ छात्राओं से रू-ब-रू होना, कक्षा में रोज़-ब-रोज़ नई चुनौतियाँ,...कभी उबरना, कभी फिसलना, कभी मिसाल, कभी मलाल...असंख्य अनुभवों से गुजरकर आप बूढ़े नहीं, बड़े होते जाते हैं। दुनिया को बेहतर ढंग से समझने लगते हैं। ज़िंदगी के प्रति नजरिया बदलने लगता है। न बदलने की जिद, ठहरे पानी की तरह सड़ांध पैदा करती है। मेरी कर्मभूमि ने मेरी सोच को रोज़-ब-रोज़ झाड़ा, बुहारा और हर नई भोर ने मुझे साफ़-सुथरी चकाचक सोच के साथ एक नई यात्रा पर रवाना किया।

पिछले छब्बीस वर्षों में चौदह से अठारह वर्ष की हजारों छात्राओं को ज़िंदगी के साथ कदमताल करते देखा, गिरते, फिसलते, उठते, दौड़ते देखा। कइयों ने सँभलने के लिए अपनी मुट्ठी में मेरी उँगली बाँध ली। कुछ ने उम्र भर के लिए दिल के कोने में कब्जा कर लिया।

कुछ अनुभव मेरे लिए अचंभा थे, कुछ संयोग और कुछ सायास किए गए प्रयोग। ज़्यादातर प्रयोग सफल रहे, कुछेक विफल। उन्हीं में से कुछ चुनिंदा अनुभव जहन से निकलकर लफ़्ज़ों की शक्ल में कागज़ पर उतर आए हैं।

मेरी उत्कट अभिलाषा है, टीचर-स्टूडेंट संबंध को गुरु-शिष्य के अनमोल रिश्ते में बदलते देखना। यह जरा भी मुश्किल नहीं, दाँत मजबूत हों तो एक झटके में अखरोट टूट सकता है। पहल टीचर को करनी होगी। कच्ची उम्र के स्टूडेंट बड़े मासूम होते हैं। ये शातिर, विद्रोही, अपराधी, घातक बनें, इससे पहले स्कूल, कॉलेज में एक जोड़ी बाँहों को इन्हें थाम लेना है। शिक्षणस्थली रोज़ एक मौका तो ज़रूर बख्शती है, किसी गिरते को थामने का, टपकते आँसू को पोंछने का। जरा भर हम ठहरकर टोह तो लें उस सुगबुगाहट की, जो हमारे करीब, बहुत करीब धड़क रही है। हर स्टूडेंट के दिल में किताब के अलावा भी सवालों के हजारों बीज अपने माली के इंतज़ार में सोए पड़े हैं। जरा भर कुरेदने की देर है, दुनिया हरी-भरी हो जाएगी।

उम्मीद है इस किताब की बातें और मेरे सच्चे अनुभव टीचर-स्टूडेंट रिश्ते की सूखती बेल पर पानी छींटेंगे···कहीं तो ठूँठ में कोंपल फूटेगी।

महत्त्वाकांक्षाओं की भीड़ में प्रतिस्पर्धा की चिल-पौं मची है। विरले ही कोई अपने व्यवसाय से संतुष्ट है, पर मुझे लगता है मेरा जन्म स्कूल टीचर बनने के लिए ही हुआ है। क्लास में पढ़ाने में अनिर्वचनीय आनंद मिलता रहा है। आधी रात को उठकर भी घंटों अपने स्टूडेंट्स को पढ़ा सकती हूँ।

अपनी पूर्व और वर्तमान छात्राओं की अमिट यादें मेरा सरमाया हैं। हमेशा सोचती थी कि न जाने कौन सी छात्रा कब मेरी कहानियों के किरदार या मेरी कविताओं में बिंब बनकर उभरे। आखिर यह हो ही गया।

यह किताब टीचर स्टूडेंट मेल का पुख्ता नमूना बन पाए—इस मंशा से आवरण के लिए भूतपूर्व छात्रा शिवानी सिंह के रेखाचित्र का प्रयोग किया गया है। जानना दिलचस्प होगा कि महज सोलह साल की उम्र में दसवीं कक्षा की छात्रा शिवानी ने कुछ रेखाचित्र बनाकर मुझे उपहार में दिए थे, यह उन्हीं में से एक है।

अनंत स्नेहाशीष इस प्यारी बिटिया को।

पुस्तक में भाषा के प्रति बेहद लचीलापन बरता गया है, क्योंकि अधिकांश प्रसंग भारतीय संस्कृति के परिपोषक अव्वल दरजे के मिशनरी स्कूल से जुड़े हैं, जहाँ विशुद्ध अंग्रेज़ी माध्यम में पढ़ाई होती है। घटनाओं की सहज सच्ची अभिव्यक्ति के लिए अंग्रेज़ी शब्दों का देवनागरी में प्रयोग कथानक की माँग है।

"द्वार खोलिए, मेरे शब्द आपकी ड्योढ़ी पर खड़े हैं, इन्हें आपका प्यार चाहिए।"

शुभकामनाएँ! आभार!!

—भावना शेखर
bhavnashekhar8@gmail.com

अनुक्रम

अँगूठी

"मिसेज़ शेखर! अ गर्ल इज़ वेटिंग फॉर यू।"

मैं स्टाफ रूम के बाहर लपकी तो देखा वह खड़ी है···सरकंडे सी दुबली-पतली देह और पतझड़ के पीले पत्तों सी उदास आँखोंवाली शीना।

"बोलो शीना"

"मिस, कुछ बात करनी है"

"हाँ, तो कहो!"

"मिस, यहाँ नहीं···"

उसकी आँखों में रेगिस्तान का सूनापन लहरा रहा था। उसकी खामोशी ने मुझे बेचैन कर दिया।

"अच्छा चलो उधर" कहकर मैं असेंबली हॉल के बाहर वाले गलियारे की ओर बढ़ गई। वह धीमे कदमों से मेरे पीछे-पीछे आ रही थी।

"बोलो···क्या बात है?"

"मिस, एडमिशन नहीं मिला।" वह फफक पड़ी।

"ओह, आई एम सॉरी!" समझी, तो इस वजह से उसने उदासी का लबादा ओढ़ रखा था।

मैं क्या कहती, दसवीं में कम अंक आने के कारण उसे ग्यारहवीं के साइंस सेक्शन में प्रवेश नहीं मिला है। आर्ट्स सेक्शन में कट ऑफ कम था, सो प्रिंसिपल ने आर्ट्स में आने की पेशकश की, पर उसे तो विज्ञान ही पढ़ना है।

"···देखो एक बार फिर सोच लो, आजकल आर्ट्स का बहुत स्कोप है···"

"नहीं मिस, मुझे साइंस ही पढ़ना है" कहते हुए उसका स्वर थोड़ा सख्त हो गया।

"ठीक है, जैसी तुम्हारी इच्छा" कहकर मैं वार्त्ता को विराम देना चाहती थी।

उसे शुभकामनाएँ देती, उसके पहले अपनी बंद मुट्ठी उसने मेरे सामने खोल दी।

"मिस, यह ले लीजिए···इसे लौटाने आई हूँ।"

गोल मोती जड़ी चाँदी की अँगूठी उसकी खुली हथेली पर जगमगा रही थी। यह अँगूठी नहीं, सपनीले ख़्वाबो सी चाँद की गोल दुनिया थी, जिसे पहनते ही तनाव के बादल और फ़िक्र का धुआँ छूमंतर हो जाता है—यह एक धारणा थी शीना की और कदाचित मेरी भी।

अतीत की किताब में दो साल से प्रसुप्त अक्षर जाग उठे और किसी नाटक के दृश्य की शक्ल अख्तियार कर मेरे इर्द-गिर्द नाचने लगे। मुझे साफ़-साफ़ नजर आ रहा था—

नवीं कक्षा की क्लास टीचर बनने पर दो-तिहाई नए बच्चों से साबका पड़ा था। एक-तिहाई को आठवीं कक्षा में पढ़ा चुकी थी।

हमारे विद्यालय की यह परिपाटी थी कि आठवीं के तीनों सेक्शन के बच्चों की सूची से नामों को ताश के पत्तों की तरह फेंटकर उन्हें फिर से तीन नए सेक्शन में बाँटा जाता था, ताकि इस बढ़ती उम्र में उनकी संगत बदले और वे नए-नए मित्र बनाएँ। यह उनके मनोवैज्ञानिक विकास के मद्देनजर किया जाता था।

इस प्रणाली में हर नई कक्षा में क्लास के होशियार और कमज़ोर बच्चे, शरारती और उद्दंड बच्चे, आज्ञाकारी और शर्मीले बच्चे—सबकी सूची बनानी पड़ती है ताकि बच्चों को साल भर की गतिविधियों में न्यायपूर्ण ढंग से बराबर अनुपात में शामिल किया जा सके। आपसी विवाद होने पर बच्चों के स्वभाव की पहचान हो सके और इस तरह के तमाम मौकों पर किसी गलत निर्णय से बचा जा सके।

इसी क्रम में पता लगा कि एक खास ग्रुप है, जो पढ़ने-लिखने से दूर, मनमानी करने, नियम तोड़ने और झगड़ा करने में माहिर है। शीना भी इसी ग्रुप का हिस्सा थी।

साल के शुरू में ही ऐसी छात्राओं को मैं अपनी शैली में समझाइश का एक सेशन देती हूँ। इन्हें भी दिया, पर आदत से मजबूर इन लड़कियों की कोई-न-कोई शिकायत आती रही। एक-आध महीने बाद फिर एक बैठक में इन्हें बुलाकर काउंसलिंग की। कुछ एक ने आँखों में आँसू भरकर सॉरी बोला और वादा किया कि अब से कोई शिकायत नहीं आएगी। इसके बाद सचमुच मुझे सुधार दिखा। पर दो

लड़कियों की ठसक वैसी-की-वैसी। मेरे लिए ये दोनों चुनौती थीं, खासकर शीना।

प्रथम सत्र की परीक्षा हुई, शीना का परिणाम आशा के अनुरूप खराब ही था। पेरेंट-टीचर्स मीटिंग में अभिभावक दुखी होकर शिकायत करने लगे—

"मिस, सुनती नहीं है, पढ़ती नहीं है, हम तो तंग आ चुके हैं।"

जी में आया कह दूँ, पहले तो आप लोग ध्यान नहीं देते, अब टीचर क्या कर सकती है, पर मैंने खुद को संयत रखा।

"शीना, देखा तुमने! माँ-पापा कितने दुखी हैं, अब से पढ़ाई करोगी न!" उसकी ओर से प्रतिक्रिया की प्रतीक्षा किए बिना मैं पेरेंट्स से मुखातिब होती हूँ।

"आप फ़िक्र न करें, अभी तो आधा साल ही हुआ है, अभी तो पूरा एक सत्र बाकी है। अगली बार शीना पढ़ेगी और बहुत अच्छा रिज़ल्ट लाएगी। है न शीना?"

शीना खामोश, मेरे आश्वासन पर मोहर लगाने के लिए एक "हाँ" तक न कह पाई। उसकी बड़ी-बड़ी आँखें डबडबाने को तैयार थीं।

"देखा मिस, हाँ भी नहीं कहा इसने।" पिता भड़ककर बोले।

शीना की आँखों में आक्रोश की तरलता थी, दुःख की या पछतावे की— समझना मुश्किल था। उसकी चुप्पी में एक ढिठाई झलक रही थी।

मुझे लगा हजार शिकायतों के बावजूद उसकी एक भी शिकायत न करके मैं उसका दिल जीत लूँगी। उसे सुधारने के लिए मैंने यह नीति अपनाई थी।

अगले दिन से क्लास में उसे आगे बैठने का आदेश दिया, ताकि उसे खुराफात का मौका ही न मिले। सचमुच अब टीचर की नाक के नीचे बैठने से उसे जबरन शांत रहना पड़ता था। मुझे पूरी उम्मीद थी कि उसकी पढ़ाई अब बेहतर ढंग से होगी। पर आठ-दस दिन बाद ही कुछ ऐसा हुआ कि मेरी उम्मीद ही टूट गई।

उस दिन क्लास कप्तान आई और बोली—

"मिस, अनुराधा बहुत रो रही है, शीना ने उसे कुछ ऐसा कहा कि वह बरदाश्त नहीं कर पाई और तब से रोए जा रही है।"

तभी घंटी बजी, क्लास में मेरा ही पीरियड था। मैं कुछ तैश में क्लास में आई। मेरे तेवर देख पूरी क्लास सहम सी गई।

"अनुराधा, कम हिअर"

अनुराधा हिचकी बाँधकर रोए जा रही थी।

"डोंट क्राई, क्या हुआ है? मुझे बताओ।" मैंने कड़ककर पूछा।

"मिस···शीना ने कहा···" फिर उसकी रुलाई फूट पड़ी।

"अनुराधा, शांत हो जाओ और बताओ पूरी बात।" स्वर को किंचित् कोमल बनाते हुए मैंने उसके कंधे पर हाथ रखा।

"मिस, शीना ने कहा कि मैं सारे स्कूल में फैला दूँगी कि तुम प्रॉस्टिट्यूट (वेश्या) हो···" कहते-कहते वह फूट-फूटकर रोने लगी। मेरी कनपटियाँ जलने लगीं, आँखें अंगारा हो गईं। उफ, यह बित्ते-भर की छोकरी क्या बोल गई, आज इसकी खैर नहीं।

"शीना···" मैं दहाड़ी।

शीना अपनी सीट से उठकर सामने आई। पूरी क्लास सन्न थी। मेरी प्रतिक्रिया से अनजान, अब क्या होगा। जी में आया कि शीना को आठ-दस थप्पड़ जड़ दूँ।

"डिड यू स्पीक दिस?" जलती आँखों से मैंने उसे घूरा।

"......"

"तुमने कहा यह?" उसकी चुप्पी से मन उबलने लगा।

"यस, मिस।"

"यस मिस! जानती हो प्रॉस्टिट्यूट कौन होती है? डू यू नो हाउ टू स्पैल दिस वर्ड?" और मेरे दाएँ हाथ ने उसका बायाँ कान पकड़कर उसे बेतरह हिला दिया। जानती हूँ हमारे स्कूल में शारीरिक दंड निषिद्ध है, पर पिछले कुछ महीनों की मेरी सहनशक्ति उस दिन चुक गई थी।

"सॉरी मिस" गलतियों का जखीरा खड़ा कर देनेवाली के मुख से "सॉरी" सुनकर मैं बिफर पड़ी।

"अनुराधा के पाँव छूकर माफी माँगो।" मेरा गुस्सा सातवें आसमान पर था।

शीना जैसी ज़िद्दी लड़की के लिए यह आसान नहीं था। पूरी क्लास के सामने सार्वजनिक रूप से यह माफी उसे तोड़ सकती थी। क्लास में भी छात्राओं के लिए इस दृश्य का साक्षी होना सहज नहीं था।

मेरा विवेक उस दिन पूरी तरह क्रोध, आवेश और नैराश्य की गिरफ्त में था।

"आई एम सॉरी" कहकर शीना अनुराधा के कदमों में झुकी। अनुराधा ने पाँव खींच लिये। मैं इस घटना से बेहद आहत थी, सो तुरंत स्टाफ रूम में लौट आई। दो गिलास ठंडा पानी हलक के नीचे उतारकर अपनी कुरसी पर आ बैठी।

"व्हाट हैपेंड, क्या हुआ भावना दी?"

एक सहकर्मी के प्रश्न पर "नहीं, कुछ नहीं" कहकर सब पी गई। क्लास कैप्टन को बुलाकर क्लास के लिए सीट वर्क दिया।

"और···शीना को भेजो!" का आदेश दिया।

दो मिनट बाद शीना आई। मैं उससे बिना कुछ कहे चैपल (स्कूल के गिरिजाघर) की ओर चल दी, वह यंत्रवत मेरे पीछे-पीछे···स्कूल की दूसरी मंज़िल पर स्थित चैपल की तरफ तीसरी मंज़िल की सीढ़ियों का हिस्सा कुछ अलग-थलग और एकांत है। मैं एक सीढ़ी पर बैठ गई, उसे बैठने का इशारा किया। एक मिनट हम दोनों चुपचाप बैठे रहे। मुझे समझ नहीं आ रहा था कि बात का सिरा कहाँ से पकड़ूँ।

"शीना, तुमने ऐसा क्यों किया?" कहकर मैं फफक पड़ी। महीनों का ज्वार हहराकर फूट पड़ा। शीना मेरी परीक्षा थी, जिसमें मैं फ़ेल हो गई। जिसे एक शरारती बच्ची समझकर मैंने सुधारने का प्रण किया था, वह तो बिखरती जा रही है। मेरे ज्वार से शीना का बाँध भी टूट गया और "सॉरी मिस" कहकर वह मुझसे लिपट गई और खूब रोने लगी।

हम दोनों ही कुसूरवार थे, उसका अपनी सहपाठी के लिए बेहद अशोभनीय शब्द का प्रयोग करना और मेरा अपना आपा खोकर उसे इस तरह दंडित करना।

हम दोनों कुछ देर तक रोते रहे। चैपल के बाहर बैठे थे और एक अमूर्त कॉन्फेशन बॉक्स में बिन कहे अपनी-अपनी भूल स्वीकार रहे थे।

"मिस प्लीज, आप मत रोइए।"

"बेटा, तुम भी शांत हो जाओ।" हम दोनों ने एक-दूसरे के आँसू पोंछे।

"शीना बेटा! तुम्हें कितना समझाया कि शरारतें छोड़ दो, किसी को अपशब्द मत बोलो, झगड़ा मत करो···आज तो तुमने हद ही कर दी···कैसे इतनी बुरी बात अनुराधा के लिए बोल दी? एक बार भी नहीं लगा।"

"मिस, अनुराधा ने एक साल पहले मेरे बारे में मेरी फ्रेंड को कहा···" उसकी किशोर उम्र की छोटी-छोटी शिकायतें थीं, जो ग्रंथि बनकर उसके मन में उबलती रहती थीं।

"बेटा, एक साल पुरानी बातों को तुम पाल-पोसकर अपने सीने से लगाए बैठी हो, भूल जाओ। ज़िंदगी में बहुत कुछ होता है। अच्छी बातें, अच्छी यादें जमा करनी चाहिए। तुम अपनी सारी ऊर्जा इसी में खर्च कर देती हो, इसीलिए पढ़ नहीं पाती।"

"मिस, आप कितनी अच्छी तरह समझाती हैं, हर बार जब-जब आपने मुझे समझाया, मैंने खुद से प्रॉमिस किया कि अब ऐसा कुछ नहीं करूँगी, पर नेगेटिव बातें मुझे बहुत डिस्टर्ब करती हैं। मैं उन्हें दिल से निकाल नहीं पाती। मुझमें बदला लेने की भावना सर उठाने लगती है।"

मैं चुपचाप सुन रही थी, चाहती थी कि उसकी भड़ास निकल जाए और भावों की ऊँची लहरें मन के तीर पर के सारे कचरे को बहाकर उसे निर्मल कर दें। अब तक उसके दिल-दिमाग की धुंध काफी हद तक छँट चुकी थी।

"मिस आपको पता है, मेरे एक अंकल हैं। उन्होंने मेरे स्टार्स देखकर कहा कि मेरा चंद्रमा ठीक नहीं है, इसीलिए मैं बहुत बेचैन रहती हूँ। चाहकर भी पॉजिटिव नहीं सोच पाती।"

उसकी बात सुनकर मैं मुसकराई। अगले ही पल अनायास मेरे दाएँ हाथ ने मेरे बाएँ हाथ की कनिष्ठा में पहनी हुई, मोती की अँगूठी निकाली और उसकी उँगली में पहना दी। वह असहज हो उठी।

"बेटा, यह चंद्रमा को शांत करने के लिए है। तुम्हारे मन में पॉजिटिविटी आएगी, पहन लो।" वह अवाक् मुझे देख रही थी।

"और सुनो, अभी इसे बैग में रखना, स्कूल में पहनना मना है। सो स्कूल आने पर उतार देना और स्कूल से निकलते ही पहन लेना।"

"दो दिन बाद दुर्गा पूजा की लंबी छुट्टियाँ हैं, तब लगातार पहनना, तुम्हें ज़रूर सुकून मिलेगा।"

"और माँ-पापा से कहना कि इसे वापस न करें, यह तुम्हारे-मेरे बीच का पैक्ट है।" उसकी आँखों में उठते सवाल पढ़कर मैंने कहा।

पल भर के लिए वह ऊहापोह में थी, फिर पुनः एक बार मेरे गले लग गई। छुट्टी की घंटी बज चुकी थी। वह चली गई। सीढ़ियाँ उतरते हुए मैंने खाली उँगली पर निगाह डाली। ऐसा लग रहा था, दिल पर का मनों बोझ कम हो गया है और आज क्लास में घटी घटना से उपजा अपराधबोध खत्म हो गया है, मैं अजीब सा सुकून महसूस कर रही थी।

न जाने इस घटना ने क्या जादुई असर किया कि शीना शीना न रही। आक्रोशित रहने वाली चुप्पा लड़की अब खुल सी गई। अकसर मुसकराती दिखती। दो-तीन लड़कियों के संकुचित ग्रुप में रहने की बजाय अब चहकती फिरती। क्लास की हर

छात्रा से घुलना-मिलना और खुश रहना उसकी आदत में शुमार होने लगा। मुझसे दूर-दूर रहने वाली शीना, अब कुछ वाचाल हो रही थी। समय-समय पर सीट रोटेशन के क्रम में एक दिन मचलकर बोली—

"मिस, मैं अनुराधा के साथ बैठूँगी।"

उसका अनुरोध सुखद आश्चर्य था, मेरे साथ-साथ पूरी क्लास के लिए। लगा सारी तलछट साफ़ हो गई है। मैं खुशनुमा एहसास से भर उठी। पथरीली जमीन में मशक्कत से रोपे गए पौधे ने जड़ पकड़ ली थी।

फाइनल परीक्षा में वह साठ प्रतिशत अंकों से पास हो गई। अब दसवीं में बोर्ड की परीक्षाएँ थीं। शुरू से ही सभी शिक्षक बच्चों को गंभीरता से पढ़ने को प्रेरित कर रहे थे। इस साल मैं उसकी क्लास टीचर नहीं, सब्जेक्ट टीचर थी। फिर भी उसका जुड़ाव मुझसे गहराता गया। एक बार मुझसे बोली—

"मिस, अब जब भी बदला लेने का खयाल आता है, तो मेरा मन मुझसे कहता है—नो शीना, काम डाउन, कूल डाउन (नहीं शीना,शांत हो जाओ)…मिस, पता है, सब आपकी अँगूठी का कमाल है।" कहते हुए उसकी आँखों की पुतलियाँ बड़ी हो गईं और साथ ही दिन-ब-दिन उस पर जमते मेरे विश्वास का आकार भी बड़ा हो गया।

"मेरी नहीं, तुम्हारी कहो" मैंने टोका। उसकी मुसकान मुझे रोमांचित कर गई थी।

दसवीं की परीक्षा में उसके सत्तर प्रतिशत अंक आए, पर मनचाहे साइंस विषय में उसे दाखिला नहीं मिल सका। आर्ट्स वह पढ़ना नहीं चाहती थी और दूसरे स्कूल भी नहीं जाना चाहती थी। पर विवश थी, उसे जाना होगा।

आज मुझसे विदा लेने आई थी और वह अँगूठी वापस करने, जिसने हम दोनों के बीच विश्वास का एक अनकहा रिश्ता कायम किया। नक्षत्र…ग्रह…चंद्रमा हम दोनों के लिए श्रुतवाक्य थे, संयोग या बहाना—नहीं जानती। पर इनसे उपजी थी एक मृदुल धारणा कि अँगूठी में जड़ा मखनिया रंग का मोती शीना के विकारों को ऐसे ही पिघला गया, जैसे आँच पाकर नवनीत पिघल जाता है। यह खुशफहमी थी या तिलिस्म नहीं जानती, पर मैंने फूल की पंखुड़ी की तरह शीना को खुलते और खिलते देखा।

मैंने उसके सिर पर हाथ रखकर उसे खूब शुभकामनाएँ दीं। उसकी खुली

हथेली को बंद किया और कहा—

"बेटा यह मेरा आशीर्वाद है, इसे हमेशा पहनना।"

उसकी आँखों में बारिश की पहली बूँद सा साफ़ पानी था, बिल्कुल उसके साफ़ मन जैसा···

□

रक्षा

उस दिन क्लास से 'धर्मवीर भारती की आत्मकथा' का अंश 'मेरा निजी पुस्तकालय' पढ़ाकर मुसकराते हुए निकली। पढ़ाने के दौरान छात्राओं को अपना पुस्तकालय बनाने के लिए प्रेरित किया तो पता लगा कि कइयों ने पहले से ही अपनी छोटी-छोटी लाइब्रेरी घर के कोने में बना रखी है। भले ही उसमें पाँच किताबें हों या पचास। जानकर मैं उल्लसित हुई कि महँगे खिलौनों, मोबाइल, ई-फ़ोन आदि की ललक से भरी आज की पीढ़ी में कुछ बच्चे तो हैं, जिनकी किताबों से दोस्ती है।

अनायास चेहरे पर आई मुसकान वैसे ही ठिठक गई, जैसे कॉरिडोर में अपनी प्रतीक्षा में खड़ी चार छात्राओं को देखकर मैं ठिठक गई थी।

"मिस, आपसे कुछ बात करनी है।"

"हूँ...बोलो।"

"मिस, आप फ्री हैं? लंबी बात है।"

"नहीं, फ्री तो नहीं, अभी टेन-बी में क्लास है।"

"तो कब?"

"छठे पीरियड में लाइब्रेरी में रहूँगी।"

"यस मिस, हमारा वह गेम्स पीरियड है, सर से अनुमति लेकर हम आ जाएँगे।" एक चिहुँककर बोली।

"ओ.के." मैंने क्लास का रुख किया।

ये चारों वे लड़कियाँ थीं, जिन्हें मैं अब नहीं पढ़ाती, पर पिछले साल इनकी क्लास-टीचर थी। मुझे लगा शायद पढ़ाई-संबंधी कोई शंका है, कोई कविता पढ़नी है, या कोई अतिरिक्त जानकारी...

पाँचवीं घंटी नवम-अ में थी और सातवीं दशम-ब में। दोनों कक्षाएँ दूसरी मंज़िल पर हैं। बीच की खाली घंटी में सीढ़ियाँ उतरकर स्टाफ रूम आने की कोई

तुक नहीं थी। कौन फिर से चौबीस सीढ़ियाँ चढ़कर दूसरी मंज़िल पर आए। सो अमूमन छठे पीरियड में मैं लाइब्रेरी में ही बैठकर कुछ पढ़ती-लिखती हूँ, जो दूसरी मंज़िल पर ही स्थित है। छठी घंटी में मैंने लाइब्रेरी के भीतरी कोने की लंबी टेबल पर अपनी किताबें रखीं और लाइब्रेरियन से दरियाफ्त करने गई कि अभी कौन सी क्लास लाइब्रेरी में आ रही है। पता लगा अभी कोई क्लास नहीं आएगी। मैंने चैन की साँस ली, अब आने वाली छात्राओं को निश्चिंतता से इस कोने में पढ़ा पाऊँगी। लगभग पाँच मिनट बाद चारों मेरे पास आईं।

"आओ बैठो! पर तुम सब खाली हाथ? कैसे पढ़ोगी?"

"मिस, पढ़ना नहीं है।"

"तो क्या मुझसे गपोष्ठी का प्लान है, मैं बहुत व्यस्त हूँ···" उनकी आँखों में झाँकते हुए मैंने कहा।

"मिस, कुछ डिस्कस करना है।" एक बोली।

"मिस, आपकी मदद चाहिए।" दूसरी का स्वर।

"मिस, एक सीरियस प्रॉब्लम है।" यह तीसरी थी।

"अरे! पर हुआ क्या है?" अब मैं उत्सुक होने के साथ चिंतित भी हो उठी।

"मिस, वह सना है न! पिछले साल की टॉपर···उसका कल शाम फ़ोन आया था, कह रही थी कि मैं अपने अपार्टमेंट की छत पर हूँ और कूदकर मर जाना चाहती हूँ।"

"अरे!" मेरी आँखें विस्फारित और मुँह खुला-का-खुला रह गया। "फिर··· ?"

"मिस, मैंने उसे समझाया और उसे कसम दी कि तुम ऐसा कुछ नहीं करोगी, फिर वह नीचे अपने घर चली गई।" कहते हुए गरिमा के होंठ थरथरा रहे थे।

"यह कोई मजाक है! क्यों किया उसने यह ड्रामा? तुम लोगों का कोई नया प्रैंक लगता है।" मेरे माथे पर त्योरियाँ उभर आईं और स्वर में कंपन।

"नहीं मिस, यह ड्रामा नहीं था." सुपर्णा ने बात जोड़ी। "आजकल वह स्कूल में रोज़ मर जाने की बात करती है।"

"पर क्यों? तुम लोगों ने उसके पेरेंट्स को क्यों नहीं बताया?" मैं यह सब सुनकर सचमुच चिंतित हो गई थी। इस नाजुक उम्र में आवेशित होकर किशोर जाने क्या-क्या अनुचित कर बैठते हैं।

"मिस एक और बात है···"

"चुप अंकिता"—अंकिता के वाक्य को सुपर्णा ने पूरा नहीं होने दिया। मैंने आँखों के इशारे से उसे तरेरा।

"बोलो अंकिता, क्या बात है?" पर अंकिता चुप।

"देखो मुझसे कुछ मत छिपाओ, साफ़-साफ़ बताओ, वरना मैं कैसे तुम्हारी मदद करूँगी?" मैंने सख्त बात को लहजे की नरमी में लपेटा।

"अंकिता बता दो मिस को" इस बार गरिमा ने अंकिता का हौंसला बढ़ाया।

"मिस, उसने अपनी बाँह पर चाकू से लिख दिया है—आय एम अ होर।" कहते हुए अंकिता की आँखें तरल हो उठीं।

मैं एक वेश्या हूँ—मन-ही-मन पंक्ति का अनुवाद करते हुए मैं सिहर उठी।

"व्हाट?" हैरत और चिंता में सना लफ़्ज़ मेरे होंठों से फूटकर हवा में उछल गया। मैं बेहद अचंभित थी।

"मिस, दरअसल कोई उसे अब्यूज कर रहा है, वह किसी को बता नहीं पा रही, बस एक ही रट लगा रखी है कि खुद से नफरत करती हूँ, जीना नहीं चाहती।" सुपर्णा ने विस्फोटक खुलासा किया।

इस संगीन मुद्दे ने मुझे झकझोरकर रख दिया। यदि यह सच है, तो तुरंत कुछ करना होगा, एक मासूम ज़िंदगी का सवाल है। तनाव में आकर इस कच्ची उम्र में सना कोई घातक फैसला न कर ले—मैंने खुद को संयत किया। उन चारों में से एक की माँ हमारे ही स्कूल में प्राइमरी ब्रांच में शिक्षिका थी। मैंने उसे इंगित करते हुए पूछा—

"गरिमा, मम्मी को क्यों नहीं बताया?"

"मिस, बताया न। उन्होंने ही आपसे बात करने का मशवरा दिया…और हम जानते हैं मिस, आप ज़रूर हमारी फ्रेंड को बचा लेंगी।"

गरिमा की बात ने मेरी चिंता को एक दिशा दी, यानी मुझे ही कुछ करना होगा। इन सोलह साला बच्चियों का मुझ पर ऐतबार और मेरी सहकर्मी का ऐसा मशवरा। मैंने अंतिम सवाल पूछा—

"देखो, ये सारी बातें बिल्कुल सच हैं न?"

"यस, मिस। हंड्रेड परसेंट सच। गॉड प्रॉमिस।" समवेत स्वर उठा।

"बस-बस शांत…उसके पेरेंट्स का फ़ोन नंबर है?"

"यस मिस, सना की मम्मी का नंबर है, वे पासपोर्ट ऑफिस में काम करती हैं।" गरिमा पूरी तैयारी के साथ आई थी।

मैंने नंबर नोट किया और उन्हें जाने का निर्देश दिया। अगले दो पीरियड मैं बड़ी मुश्किल से पढ़ा पाई। किताब के पन्नों में सना का खिलखिलाता चेहरा उभर आता। छुट्टी के बाद घर लौटते हुए भी रास्ते भर इस सुंदर मेधावी छात्रा के अक्स उभरते रहे। क्लास में प्रश्न करती, उत्तर देती···मंच पर भाषण देती..असेंबली में प्रार्थना करती। भरी-भरी गदराई देहवाली सना, जहाँ से गुजरती मानो सरसों के सुनहरे फूल खिल उठते।

घर पहुँचने से पहले मैं सोच चुकी थी कि मुझे क्या करना है। पति से विमर्श किया तो वे चिंतित हो उठे। उनका कहना था कि सीधे-सीधे प्रिंसिपल से बात करो, वे ही इस मुद्दे को सुलझाएँ, पेचीदा मामला है, कौन जाने कितना सच है, कितना झूठ। कहीं मुझ पर कोई बाधा न आन पड़े—इसकी भी उन्हें फ़िक्र थी।

बात तो सही है। स्कूल की समस्या है, स्कूल ही निपटे, पर मेरे बच्चों का क्या, जो विश्वास की पोटली लेकर मेरे पास आए। वे प्रिंसिपल के पास क्यों नहीं गए—कुछ घंटों तक यह द्वंद्व मुझे मथता रहा।

अंततः मैंने श्रीमती आयशा खान को फ़ोन किया। धड़कते दिल से उन्हें अपना परिचय दिया और कहा कि आपसे मिलना चाहती हूँ, पर वे बड़े अदब से टाल गईं और मुझे अपने यहाँ आने से हतोत्साहित किया।

"मैडम, मुझे तो घर पहुँचने में आज बहुत देर हो जाएगी, फिर किसी दिन···"

"आयशा जी, कुछ बेहद ज़रूरी पासपोर्ट संबंधी जानकारी हासिल करनी है··· आज ही।"

"ठीक है मैडम, आप साढ़े सात बजे आइए।" कहकर उन्होंने अपना पता लिखवाया।

रात के समय अनजान परिवार में एक बेहद संगीन मुद्दे की बाबत मेरा जाना पति को नागवार गुजर रहा था।

"देखो, फिर से कह देता हूँ, नाजुक मसला है, माँ-बाप अपने बच्चे के बारे में बहुत संवेदनशील होते हैं, ऐसा न हो कि तुम किसी झमेले में फँस जाओ।"

"फ़िक्र न करो, मुझे कुछ नहीं होगा।" फ़िक्रमंद मन से मैंने लफ़्ज़ जुटाए और पति को न जाने झूठी या सच्ची तसल्ली दी। मेरे रक्षा अभियान की सफलता प्रतिपक्ष के रवैए और प्रतिक्रिया पर टिकी थी, जिसका मुझे तिल भर भी अंदाजा नहीं था। पर अवचेतना ठेल रही थी, एक अनजान राह पर, जिसके मुहाने पर मेरी

छात्राओं का विश्वास मुझे छोड़ गया था और मैं बिना किसी दिशानिर्देश के कदम बढ़ा चुकी थी। रास्ते भर मन की आँखें मील का एक भी पत्थर न खोज पाई, जो अनजान मंज़िल की दूरी का अनुमान कराकर मेरे धड़कते दिल को उम्मीद का संबल पकड़ाता।

दिए गए पते पर पहुँची, ड्राइवर साथ होने से कुछ इत्मीनान था। अब मैं लिफ्ट से चढ़कर फ्लैट नंबर 304 के सामने खड़ी थी। एक लंबी साँस खींचकर बेल बजा दी। कुछ सेकंड में दरवाज़ा खुला।

सना की मम्मी अभिवादन की मुद्रा में सामने थीं। मुझे भीतर बैठक में बिठाया गया। जहाँ पहले से ही कुरसी पर उसकी बुजुर्ग दादी विराजमान थीं। साधारण मध्यम वर्गीय घर था। साज-सज्जा, फर्नीचर और दो कमरों के फ्लैट से मैं परिवार की आर्थिक स्थिति का जायज़ा लेने लगी। तभी सना मुसकराते हुए अपने छोटे भाई के साथ बैठक में आई।

"गुड इवनिंग, मिस।" आह्लाद में लिपटा था उसका अभिवादन।

"गुड इवनिंग, सना।" मैंने हँसकर उसे पास बिठाया।

"सो, कैसा लगा मेरा सरप्राइज ?" मैं नहीं चाहती थी कि उसे किसी तरह मेरा आना खटके या कोई शंका हो।

"बेटा, आपकी माँ से पासपोर्ट का कुछ काम है।"

"ओह!" कहकर उसने संतोष की साँस ली।

तभी उसके पापा बैठक में प्रविष्ट हुए। बड़े आदर से अपना परिचय देकर बोले—

"सना तो आपकी बहुत तारीफ करती है।"

"अरे, आपकी बेटी तो टीचर्स की प्यारी स्टूडेंट है।" मैंने जोड़ा।

अगले आधे घंटे चाय के साथ मेरी पासपोर्ट संबंधी फर्ज़ी बातचीत चलती रही। मेरा बेटा उन दिनों उच्च शिक्षा के लिए स्विट्जरलैंड जा रहा था। उसकी सब तैयारियाँ हो चुकी थीं। मैंने इसी को बहाना बनाकर उसकी माँ से मिलने की जुगत भिड़ाई थी। जब इंसान नि:स्वार्थ होकर कुछ करने के लिए शिद्दत से जुट जाए तो दिमाग भी उर्वर हो जाता है, तरकीबें खुद ही निकल आती हैं।

मैंने बेटे के पासपोर्ट संबंधी पूर्व में जानी हुई तकनीकी बातों को आयशा जी से जानने का अभिनय किया। उन्होंने सहजता से सारे नियम बताए। आवश्यक निर्देश

समझाए। प्यालों की चाय खत्म हो गई, पासपोर्ट संबंधी छद्म जिज्ञासा भी शांत हो गई। अब क्या···मेरा मकसद ज्यों-का-त्यों खड़ा था। मन में एक गुंजल पड़ी थी। कैसे उसे सुलझाऊँ, क्या तरकीब लड़ाऊँ कि मेरा यहाँ आना सार्थक हो जाए। एक ऐसा सच उन्हें बताना ज़रूरी था, जिस तक अभी मेरी ही पहुँच अधूरी थी। अचानक मैंने कहा—

"आयशा जी, क्या हम भीतर बैठकर बात कर सकते हैं?"

"हाँ-हाँ चलिए।" उनके मन में भी 'क्यों?' उभरा होगा, पर तत्परता से वे सामने के बेडरूम की ओर मुखातिब हुईं।

मैं भीतर पड़ी एक कुरसी पर बैठ गई। पास ही आयशा जी भी बैठ गईं। कमरे में थे सिर्फ हम दोनों और कुछ पल का मौन···मौन क्या, मीलों फैला शून्य का रेगिस्तान था, जिसे पार करना विकट मालूम होता था।

"दरअसल मैं सना के बारे में बात करने आई हूँ।" मैंने लफ़्ज़ बटोरे।

"क्या हुआ, कुछ शिकायत है स्कूल से? यह तो अच्छी तरह से पढ़ती है··· रिज़ल्ट भी अच्छा···" आयशा जी बेकल हो गईं।

"नहीं, नहीं, ऐसी कोई बात नहीं। सना तो बहुत-बहुत प्रतिभाशाली है। वी आर प्राउड ऑफ हर।"

"तो फिर क्या बात है?"

मैंने आत्मीयता से आयशा जी का हाथ अपने हाथों में लिया और भरसक कोमलता से भूमिका बाँधनी शुरू की—

"आयशा जी, सना मेरी भी बेटी है। उसकी एक प्रॉब्लम है, जो हमें मिलकर सुलझानी है। आप मेरी किसी भी बात को अन्यथा नहीं लेंगी···बहुत शांत मन से सुनेंगी और समझेंगी।"

आयशा जी अपनी बेइंतहा बेचैनी पर किसी तरह लगाम डालकर मेरी ओर ताक रही थीं। मैंने अगली बात को सीधे-सपाट शब्दों में पिरोकर कह डाला—

"सना को कोई एब्यूज कर रहा है, उसका शारीरिक शोषण हो रहा है।"

"अरे, यह कैसे हो सकता है? वह तो घर से स्कूल और स्कूल से घर आती है, वह भी स्कूल बस में। कहीं अकेले जाने का भी सवाल नहीं···यह कब हुआ?" उनकी आवाज़ काँपने लगी।

"पिछले एक साल से हो रहा है।"

"एक साल से!" वे भौंचक थीं।

"हाँ, मुझे इसकी फैंड्स से पता लगा, तो तुरंत आपको बताने चली आई।"

"पर यह कैसे हो सकता है!···नहीं नहीं, यह झूठ है···" उनकी आवाज़ रुआँसी हो गई। यह सब अविश्वसनीय, अकल्पनीय था एक माँ के लिए। फिर इसका कोई प्रमाण भी तो मैंने अब तक पेश नहीं किया था।

"आयशा जी, मुझे आपसे ज़्यादा खुशी होगी, अगर यह बात झूठ निकली तो। आप सना को बुलाइए, हमें बिल्कुल ठंडे मन से उससे सवाल-जवाब करना है।"

उन्होंने सना को पुकारा। सना आई···अब सना पहले जैसी सहज न थी। सहमे-सहमे उसने प्रवेश किया और सशंकित निगाहों से सामने आकर खड़ी हो गई।

मैंने नाजुक मसले का सूत्र सँभाला और हाथ बढ़ाकर प्यार से उसे सामने बिछे पलंग पर बिठा दिया। वह सकुचाई सी पलंग के पायताने बैठ गई। पत्ते पर ढुलकती ओस की बूँद की तरह बेहद नरमी से मैंने अपना सवाल उसकी ओर लुढ़काया—

"सना बेटा! तुम्हारी माँ और मिस तुम्हें बहुत प्यार करती हैं। यू आर सो प्रेशियस फॉर अस। मैं जो पूछूँ, उसका सच-सच जवाब दोगी न?"

बिना कोई शब्द उचारे उसने हामी भर दी, उसकी मासूम आँखों में जहां भर की परेशानी सिमट आई थी।

"बेटा! कोई तुम्हें एब्यूज कर रहा है?"

"नहीं।" वह तड़पकर बोली।

"डरो नहीं, बताओ सच क्या है?"

"नो मिस" इस बार वह जोर देकर बोली।

"अपनी बाँह दिखाओ।" मैंने अंतिम प्रमाण पेश करना चाहा।

उसने कड़क जाड़े के मौसम में अपनी दाईं बाँह से स्वेटर ऊपर खींचा। मैं स्तब्ध, उसकी दूध सी गोरी बाँह बिल्कुल साफ़ निष्कलंक चाँद सी मुझे झुठला गई।

"दूसरी बाँह दिखाओ।" मैंने अंतिम अस्त्र छोड़ा।

वह चुप···"दिखाओ बेटा" कहकर मैंने हौले से उसकी बाईं बाँह से स्वेटर खींचा, देखकर मन चीत्कार कर उठा। घाव से भरी एक इबारत देख आँखों में धुंध छा गई। माँ ने भी देखा। अंग्रेज़ी में चाकू की नोक से बने हर्फ़ खुरंड का रूप ले

चुके थे—

आई एम अ होर (मैं एक वेश्या हूँ)

"यह क्या है बेटा?" अपनी लाड़ली की बाँह पर उभरे अक्षर देखकर माँ पसीज उठी थी। जवाब माँगे बगैर उन्होंने पूछा—

"कौन है वह?"

सना की सजल आँखें जमीन की ओर गड़ गईं।

"बोलो सना" माँ ने सना को दोनों कंधों से पकड़कर झिंझोड़ दिया।

"वह…वह…आसिफ़" कहकर सना रो पड़ी।

"क्या? आसिफ़?" आयशा जी का मुँह खुला-का-खुला रह गया। उनकी भंगिमा घोषणा कर रही थी कि वे इस नाम से नावाकिफ नहीं हैं।

"कब?"

"वह…दोपहर में जब मैं स्कूल से आती थी न, पापा और आप ऑफिस…." सुबकते हुए सना एक-एक कर इस अप्रिय प्रकरण का राजफाश कर रही थी।

माँ-बेटी की वार्त्ता में अब तक मैं चुप्पी साधे रही। मुझ पर जाहिर हो चुका था कि आसिफ़ सना का मौसेरा भाई है। बेचारी आयशा जी के लिए कितना कठिन रहा होगा, इस दोहरे सदमे को बरदाश्त करना। बेहद अफ़सोसनाक है अपनों का अपनों को लूटना। पर अपनों के लिए ही ऐसी घटनाओं को अंजाम देना सबसे आसान होता है।

"सना, अब तक तुमने यह बात क्यों छिपाई?"

आयशा जी तड़प उठी थीं—"कितना भरोसा किया तुम पर…अब तुम्हें बाहर पढ़ने कैसे भेजेंगे। कैसे विश्वास करेंगे?"

"हौंसला रखिए आयशा जी और भरोसा भी…हमारी सना बाहर पढ़ने ज़रूर जाएगी।" मैंने हस्तक्षेप किया, फिर सना की ओर मुखातिब होकर कहा—

"सना, बेटा, माँ तो बेस्ट फ्रेंड होती है, तुम वादा करो कि अब से माँ से कुछ नहीं छुपाओगी।"

आँसू पोंछते हुए सना ने हामी भरी।

"…और हाँ, आज के बाद, स्कूल में किसी से इस घटना का जिक्र नहीं करोगी। न मरने की बात करोगी, न किसी को अपनी बाँह दिखाओगी। जाड़ा खत्म होने से पहले तुम्हारी बाँह के घाव पूरी तरह ठीक होकर मिट जाएँगे। साथ ही ये

बुरी यादें भी मिट जाएँगी।"

आयशा जी से भी अनुरोध किया कि निस्संकोच यह बात सना के पिता को ज़रूर बताएँ, ताकि वे भी भविष्य में बेटी को लेकर चौकस रहें।

लगभग डेढ़ घंटे तक उस घर में रहकर मैंने विदा ली। न जाने क्यों लिफ्ट से उतरने का मन नहीं हुआ, सीढ़ियों से उतरने का फैसला किया। सीढ़ियाँ आकाश हिंडोले सी हो गईं···पैरों को पंख लग गए···मैं उड़ रही हूँ बादलों के पार आकाश में···मन का कोना-कोना धुनी रुई के रेशे-रेशे सा साफ़ हो चुका था···संताप और विषाद के तिनके छन चुके हैं।

विचित्र तृप्ति का भाव लिये घर लौटी। मेरे चेहरे के सुकून और मन के उल्लास को पति ने पढ़ लिया। बोले—

"डन?"

"यस!" मेरे मुँह से तपाक से निकला।

रात को ग्यारह बजे मेरी उसी सहकर्मी अनिता का फ़ोन आया, जिसकी बेटी गरिमा ने सहेलियों के साथ मिलकर मुझसे इस गुत्थी को सुलझाने का अनुरोध किया था। या कहूँ तो परोक्षत: अनिता ने ही यह दायित्व मुझे सौंपा था। वह जानती थी कि मैं आज सना के घर जानेवाली हूँ। वह भी चिंतित और उत्सुक थी, जानने को कि क्या हुआ। मैंने आद्योपांत डेढ़ घंटे की आपबीती सुनाई। सुनकर वह भावुक हो उठी और भर्रायी आवाज़ में बोली—

"भावना, मुझे फख्र है कि तुम मेरी दोस्त हो और खुद पर भी मान हो रहा है कि मैंने बच्चों को तुम्हारे पास भेजकर सही निर्णय लिया।"

मैंने उपहास किया, "अरे! तो खुद क्यों नहीं यह मसला सुलझाया? तुम्हारी बेटी की तो वह बेस्ट फ्रेंड है।"

"नहीं भावना, मुझमें इतना साहस नहीं। पर जानती हूँ कि तुम अपनी छात्राओं के लिए कोई भी जोखिम उठा सकती हो। आज तुमने एक लड़की की ज़िंदगी बचाई है, आई सैल्यूट योर एफर्ट!"

"अरे बस-बस! इतना भी क्या, टीचर हूँ फटीचर नहीं।" गुड नाइट कहकर मैंने फ़ोन रख दिया।

दूसरे दिन शाम को आयशा जी का फ़ोन आया—

"मैडम! कैसे आपका शुक्रिया अदा करूँ, कल मैं अपने आप में नहीं थी,

आपको ठीक से विदा भी नहीं कर पाई।"

"अरे आयशा जी, शुक्रिया कैसा? मेरी बच्ची है सना, अब बोर्ड परीक्षा के बाद उसे ठीक से विदा कीजिए दिल्ली के लिए। इस बार वही स्कूल की टॉपर बनेगी। मेरी हजारों दुआएँ उसके लिए।"

"थैंक्यू मैडम।" उधर से आवाज़ आई। मैंने फ़ोन रख दिया और आईने के सामने गई। चुपचाप चोरी-चोरी इधर-उधर देखा...कोई नहीं था। फिर आईने में निहारा...अपना अक्स दिखा। सैल्यूट की मुद्रा में दाहिना हाथ उठा और मुँह से निकला—

"आई सैल्यूट यू! थैंक यू, मैडम!!"

□

मुआफ़ी

बीस दिन पहले एक चूक हो गई, जिसे बेहद मामूली समझा गया था, पर जैसे एक गलत मोड़ आपको सही पते पर पहुँचने से पहले दाएँ-बाएँ खूब भटकाता है, कुछ वैसी ही भटकन हमें भी झेलनी पड़ी।

हुआ यूँ कि चालीस हजार रुपयों का एक चेक बेटी के नाम से भेजा गया। अकाउंट नंबर में एक अंक गलत चढ़ गया और चेक बैंक से निकल गया। पैसा अपने गंतव्य की बजाय किसी दूसरे शहर के दूसरे व्यक्ति के अकाउंट में चला गया। बैंक कर्मचारी की भी भूल थी कि अकाउंट नंबर के साथ खाताधारक के नाम पर उसने बिल्कुल ध्यान नहीं दिया। जब तक गलती का एहसास हुआ, धनराशि फँस चुकी थी और तकनीकी पेचीदगियों के चलते पिछले बीस दिन से हम हलकान हुए जा रहे थे। पतिदेव दसियों चक्कर लगा चुके थे। कभी यह आवेदन, कभी वह फॉर्म।

आज फिर बैंक में बुलाया गया है। हमें उसी दिशा में एक मित्र के यहाँ जाना था। सोचा कि बैंक होते हुए उधर निकल जाएँगे, मैं भी पति के साथ हो ली। बैंक अधिकारी ने आज निर्णय सुनाया—

"सर, पैसा वापसी में एक-दो माह से ज़्यादा का समय लग सकता है। आप संयम रखकर प्रतीक्षा करें। दस-पंद्रह दिन बाद आकर स्टेटस पूछ सकते हैं।"

हम दोनों उठ खड़े हुए और प्रबंधक के चेंबर से बाहर आए। एक तरुणी हमसे टकराते-टकराते बची, जो उसी दरवाजे से बैंक प्रबंधक के कमरे में घुसने जा रही थी। उस पर निगाह पड़ी, लगभग पाँच फीट छह-सात इंच कद रहा होगा, लंबी छरहरी···सुबह की धूप सा निखरा-निखरा रंग और अलसायी सी आँखें···निगाहों की भेजी इस तसवीर पर दिमाग स्कैनिंग प्रक्रिया शुरू करता, उसके पहले ही नौजवान लड़की मेरे कदमों में झुककर "हेलो मिस" बोली, फिर मुझसे लिपट गई। अकसर मेरी छात्राएँ शहर और देश के कोने-कोने में गाहे-बगाहे मुझसे टकराती रहती हैं,

पर अब यह कौन? मैं पहचानने में असमर्थ···

"मिस, मैं अनुप्रिया···आपकी स्टूडेंट"

"ओ अनुप्रिया!" मेरे चेहरे पर मुसकान फैल गई।

"मिस, आप यहाँ कैसे? कोई समस्या है तो कहें, मैं इस बैंक में उपप्रबंधक हूँ।"

मुझे काले बादलों में चाँदी की रेखा दिखी। मैं कुछ कहती, इसके पहले साधिकार हाथ पकड़कर अपने काँच से घिरे पारदर्शी चेंबर में ले गई। "मिस, आपको पहले मेरे साथ लेमन टी पीनी होगी। हमारे बैंक की स्पेशल चाय है।"

मैं यंत्रवत उसे ताकती रह गई। अभी भी अच्छी तरह उसे पहचान नहीं पा रही थी। या तो वह बहुत बदल गई थी या मेरी याददाश्त पर धूल जमी थी।

"अनुप्रिया! तुम किस बैच में थी? व्हेन डिड यू ग्रेजुएट?"

"मिस, आस्था और चारु के बैच में, शुभांगी-श्वेतांगी जुड़वाँ बहनें भी मेरी क्लास में थीं।"

"ओ यस, याद आया। तुम तो ग्रीन हाउस की कप्तान भी थी न?" मेरी यादों की परतें खुलने लगीं।

"नहीं मिस, वाइस कप्तान थी।" उसने सुधारा। इतने में चाय आ गई। वह प्याले हमारी ओर बढ़ाने लगी।

"पर अनुप्रिया, तुम बहुत बदल गई हो इसीलिए पहचानने में दिक्कत हुई।"

वह खिलखिलाकर हँसी, "जी मिस, सही कहा। मेरे वे लंबे बाल अब शॉर्ट हो गए हैं और मेरी हाइट ज़रूर आपको कंफ्यूज कर गई होगी।"

"हाँ, तुम तो इतनी लंबी नहीं थी।" मैं सचमुच अचंभे में थी, क्योंकि कद बढ़ने की भी एक उम्र होती है।

"मिस, स्कूल छूटते ही एक बार बहुत बीमार पड़ी, स्टेरॉइड्स लेने पड़े। उन जीवनरक्षक दवाओं के कुछ साइड इफेक्ट्स होते हैं, क्योंकि हार्मोंस बाधित हो जाते हैं। शुक्र है मुझे पॉजिटिव इफेक्ट मिले और मेरी हाइट बढ़ गई। खैर, अब बताइए आप बैंक क्यों आई थीं?"

हमारी बेतकल्लुफ बातचीत को पति तब से चाय की चुस्कियों के साथ खामोशी से सुन रहे थे। चाय खत्म होते ही उठ खड़े हुए। मैं भी उठने का उपक्रम करने लगी तो बोले—

"नहीं नहीं, तुम बैठो। मुझे एक काम याद आ गया।" वे जानते हैं मैं अपनी छात्राओं से कितना जुड़ी हुई हूँ, फिर किसी पूर्ववर्ती छात्रा का मिल जाना तो बेहद सुखद संयोग होता है। मैं वापस बैठ गई।

"अनुप्रिया, तुम्हें इतने अच्छे पद पर देखकर बेहद ख़ुशी हो रही है।" सचमुच मैं उसे देख गौरवान्वित महसूस कर रही थी।

"मिस, यह सब आपके कारण है।" उसके शब्द भी आदर में झुके जा रहे थे।

"बिल्कुल, हम टीचर्स तो क्रेडिट लेंगे ही···भाई तुम लोग मेहनत करते हो पर हमारे आशीर्वाद का भी तो कमाल है!" मैंने बात को हँसी की ओर मोड़ दिया।

"नहीं मिस, मेरी मेहनत किसी काम न आती यदि आप न होतीं। मेरा भविष्य एक अंधे कुएँ में गिर जाता। यदि आप मेरी गलती के लिए मुझे माफ न करतीं।" उसकी आवाज़ में बूँद-बूँद तरलता टपक रही थी···मैं उस तरलता के मायने तलाश रही थी···

विस्मृति की धुंध एक झटके से हटी और यादों का सूरज चमकने लगा। नौ बरस पहले का एक दृश्य मानसपटल पर जीवंत हो उठा।

दसवीं कक्षा की प्री-बोर्ड परीक्षाएँ निकट हैं। सभी शिक्षिकाएँ अपना पाठ्यक्रम पूरा कर चुकी हैं। अब गेंद विद्यार्थियों के पाले में हैं। कुछ बेहद संजीदगी से परीक्षा की तैयारी में जुटी हैं, कुछ अभी भी अपने खिलंदड़ेपन से बाज नहीं आ रहीं और कुछ ज़िंदगी के ट्रैक पर देर से दौड़ शुरू करने वाली अभी भी गफलत में हैं—क्या पढ़ें, क्या न पढ़ें। कैसे कम पढ़कर ज़्यादा अंक बटोरे जाएँ।

प्रिंसिपल की हिदायत उन्हें डराए जा रही है- प्री-बोर्ड में लुढ़के तो बोर्ड परीक्षा में इस साल नहीं भेजा जाएगा। हालाँकि हम टीचर्स जानते थे कि आलसी छात्राओं पर दबाव बनाने के लिए फेंका गया एक जुमला भर है यह।

आखिर परीक्षाएँ शुरू हुईं। दूसरा पेपर कंप्यूटर साइंस का था। मैं जिस कमरे में निरीक्षिका थी, वहाँ बयालीस परीक्षार्थी बैठे थे। अपनी सहयोगी के साथ मैंने उत्तर-पुस्तिकाएँ बाँटी और प्रश्न-पत्र बाँटने से पहले स्पष्ट निर्देश दिए कि कोई नकल करने की कोशिश न करे, वरना सस्पेंड कर दिया जाएगा और फिर बोर्ड परीक्षा में बैठने का तो सवाल ही नहीं उठता।

शांति से परीक्षा चल रही थी। कमरा अपेक्षाकृत छोटा था, सो निरीक्षक की चहलकदमी कुछ मुश्किल थी। फिर भी हम दोनों इंविजिलेटर्स बीच-बीच में आगे से पीछे गश्त लगा रहे थे।

लगभग चालीस मिनट बाद मुझे दीवार से लगी पंक्ति में सबसे पीछे कोने में बैठी छात्रा की गतिविधि कुछ संदिग्ध लगी। मैं लपककर उधर गई, सारी छात्राएँ लिखने में मग्न थीं। सबसे पीछे कोने की बेंच पर किसी का ध्यान नहीं गया। मैंने उस छात्रा से बिना कुछ कहे-सुने उसकी उत्तर-पुस्तिका उठाई, बीच में से आशंका के अनुरूप महीन लिखाईवाला एक कागज़ छिटककर आ गिरा। विद्युत् गति से मैंने उसे उठाया और छात्रा को तेज निगाह से तरेरा। उसके माथे पर दिसंबर के महीने में पसीना चुहचुहा गया। वह थरथर काँपती हुई खड़ी हो गई। मैंने उसके कंधे पर दबाव देकर उसे जबरन बिठा दिया।

संयोग से मेरी सहयोगी कुछ मिनटों के लिए हॉल से बाहर गई थी। वह होती तो शायद मुझे सख्ती से नियमों का पालन करना पड़ता। नियम ये थे कि छात्रा को भरे परीक्षा भवन से उठाकर प्रिंसिपल के सामने लाया जाता, अभिभावक आते, शर्मिंदगी उठाते और संभवतः छात्रा को सीख देने के लिए उसे सस्पेंड किया जाता। स्टाफ रूम में उसके 'चीटर' होने का चर्चा होता। कई शिक्षकों के बच्चे भी स्कूल में पढ़ते थे। संभवतः उन्हें पता चलता, उनके घर से बात स्कूल में आती और छात्रा का चरित्रहनन भी होता। नकल करने का दाग हमारे यहाँ बहुत बड़ा अपयश है। एक बार लग गया तो आमतौर पर लोग उस छात्रा को ऐसे ही याद करते—

"अमुक छात्रा! अच्छा, जिसने प्री-बोर्ड में चीटिंग की थी…जो नकल करते पकड़ी गई थी,…"

मानो परीक्षा की नकल न हुई, देश बेच देने का कोई सौदा हो गया। खैर, उस पल इतनी सारी बातों में से कुछ भी मेरे दिमाग में नहीं आया। न कोई विचारों की माप-तौल, न कोई विमर्श। मैं खुद एक चोर की तरह अनायास उसके कृत्य में शामिल हो गई थी। यदि एक भी छात्रा इस किस्से को भाँप जाती तो एक्शन लेना अनिवार्य हो जाता। मैंने खामोशी से उसकी उत्तर-पुस्तिका नकल के कागज़ समेत जब्त की और हाथ में पकड़े अतिरिक्त खाली पेपर्स के नीचे लाकर टेबल पर रख दी। तुरंत एक नई उत्तर-पुस्तिका उसे दी और बिना कुछ कहे नए सिरे से लिखने का इशारा किया।

इतने में मेरी सहयोगी लौट आई। दैवयोग की तरह यह घटना उसकी अनुपस्थिति में घटी थी। मैं बहुत असहज महसूस कर रही थी। इस बार मैंने सहयोगी को इशारा किया कि जरा वाशरूम से आती हूँ। टेबल पर पड़ी शीट्स में से सावधानीपूर्वक नीचे से एक चौथाई शीट्स उठाकर हॉल से निकल आई।

स्टाफ रूम में आई तो देखा दो-चार शिक्षिकाएँ अपने काम में तल्लीन बैठी हैं। मैंने एहतियात से उसकी उत्तर-पुस्तिका और नकल का कागज़ मोड़कर अपने बैग में डाला और चेन लगा दी।

धड़धड़ाती रेल गुजरने पर काँपते पुल की तरह मेरा कलेजा धक-धककर रहा था, सर के बीचो-बीच एक शूल उठा, मैंने मेज़ पर पड़ी पानी की पूरी बोतल गले में उड़ेल दी। यह बदहवासी इसलिए थी क्योंकि एक छात्रा की चोरी को प्रशासन से छिपाने के अपराध को मैंने अभी-अभी अंजाम दिया था। इसके गंभीर परिणाम हो सकते थे, पर दिमाग ने उस ओर रुख ही नहीं किया, दिल उस छात्रा की रक्षा का बीड़ा उठा चुका था।

प्री-बोर्ड के चार पेपर अभी बाकी थे। मैं उसे रोज़ आते-जाते देखती। आँख मिलते ही वह नजरें झुका लेती। मैंने उससे कोई बात नहीं की। अंतिम परीक्षा के बाद वह मुझसे मिलने आई। निगाहें झुकाये उसके मुँह से बस एक शब्द निकला—

"सॉरी"

हम दोनों स्टाफ रूम के बाहर खड़े थे। मैंने उसे रुकने का इशारा किया। कुछ सेकंड में मैं एक कोरा कागज़ लेकर आई और उसकी ओर बढ़ाते हुए कहा—

"तुमने जो किया, इस कागज़ पर लिखकर एक क्षमा-पत्र तैयार करो।"

कातर निगाहों से वह मुझे देखने लगी—

"मिस, आप प्रिंसिपल को देंगी? मेरे पेरेंट्स को बुलाएँगी?" रुँधे गले से वह तड़पकर बोली।

मैंने तटस्थ और कुछ-कुछ निर्मोही स्वर में कहा—

"मुझ पर भरोसा है न, यह पत्र मेरे पास रहेगा। ऐंड डिस इंसिडेंट शुड बी अ टर्निंग प्वाइंट इन योर लाइफ। (ये घटना तुम्हारे जीवन में परिवर्तनकारी होनी चाहिए)"

अनिच्छा के बावजूद उसने ईमानदारी से मेरी बनाई तहरीर को लिपिबद्ध किया और चली गई।

वह कागज़ अगले दो सालों तक मेरे लॉकर के कोने में खामोशी से पड़ा रहा। वह अच्छी छात्रा थी फिर भी क्यों उसने नकल की कोशिश की, मैं न जान सकी। कंप्यूटर जैसा तकनीकी विषय कई बार योग्य छात्रों के लिए भी दुरूह होता है शायद इसीलिए…"

बहरहाल ग्यारहवीं में उसने कॉमर्स विषय चुना और बारहवीं में वह स्कूल छात्रसंघ में संयुक्त सचिव चुनी गई। इस दौरान उसके व्यक्तित्व का सर्वांगीण विकास हुआ। मंच पर बोलने के कई मौके मिले। स्कूल की छह प्रतिनिधि छात्राओं में से एक होने का तमगा उसके सीने पर जगमगाता देख मुझे विचित्र सा संतोष मिलता।

फिर साल-दर-साल गुजर गए। मुझे याद भी नहीं था, उस लड़की का नाम। आज अनुप्रिया ने याद दिलाया।

"मिस, आप अनुप्रिया को कैसे भूल सकती हैं, उसकी हर सफलता की सीढ़ी आप हैं। मेरी गलती को आपने सारी दुनिया से छिपाया और मेरी ज़िंदगी बदल दी।" उसकी आँखें डबडबा गईं।

"अनुप्रिया! गलतियों से ही इंसान सीखता है।"

"नहीं मिस, एक के बाद दूसरी और तीसरी गलती करता है वह स्टूडेंट जिसे आप जैसी टीचर नहीं मिलती···मिस, आप मेरा कवच बनी। मेरी बुराई कोई नहीं जान पाया। वरना मैं स्टूडेंट काउंसिल में कभी नहीं चुनी जाती। लीडरशिप के सर्टिफिकेट के कारण मुझे इतने बड़े कॉलेज में दाखिला मिला···और आज मैं यहाँ···"

उसका गला रुंध गया। दोनों हाथों से उसने अपनी सजल आँखों को ढाँप लिया, कृतज्ञता उसके रोम-रोम से फूट रही थी।

"अनु, इतना इमोशनल नहीं होते बेटा।" कहकर मैंने उसका हाथ अपने हाथों में ले लिया।

दूसरे हाथ से आँखें पोंछ उसने त्वरित भंगिमा बदली।

"अच्छा मिस, बताइए आप प्रबंधक के कमरे में क्यों गई थीं? ज़रूर कोई प्रॉब्लम है।"

मैंने सारी समस्या बताई। उसने समझी। तुरंत चपरासी को बुलाकर मेरी फाइल मँगाई। उसे उलटा-पलटा और बोली—

"मिस, डोंट वरी। एक हफ्ते में पैसा आपके अकाउंट में आ जाएगा।" मैं हैरानी से उसे देखने लगी।

"मिस, मैं हूँ न। ये मेरा कार्ड रखिए। अब आपको आने की ज़रूरत नहीं। मैं आपको सूचित करूँगी। हाँ, अपना नंबर मुझे दीजिए।"

मैंने अपना मोबाइल नंबर दिया और उसे शुभकामनाएँ देते हुए उठ खड़ी हुई।

बैंक के दरवाजे तक वह छोड़ने आई। एक बार फिर कदमों में झुक गई। मैंने नेह भरा हाथ उसके सर पर फेरा। विदाई के इन्हीं पलों में पतिदेव बैंक के दरवाजे पर प्रकट हुए।

"चलिए-चलिए" कहते हुए मैं बाहर आ गई। गाड़ी में मैं मौन बैठी थी। पति बोले, "क्या बात है? एकदम चुप हो!"

"एक पेड़ लगाकर भूल गई थी। धूप में चलते-चलते छाया में बैठ गई··· अभी-अभी पता लगा यह वही पेड़ है, जो मजबूत डालियोंवाला दरख्त बन चुका है।" मैं एक सम्मोहन में आबद्ध बड़बड़ाए जा रही थी।

"अनुप्रिया, गॉड ब्लेस यू!" अबकी बंद आँखों से मेरे होंठ बुदबुदाए।

"ओह, तुम और तुम्हारे स्टूडेंट्स···" कहकर पति मुसकरा उठे।

□

गुंजल

उस दिन क्लास लेकर निकली, लंबा गलियारा पार करते हुए पाया अंतिम छोर पर सलवार-कमीज पहने एक छात्रा खड़ी है, मानो किसी के इंतज़ार में।

मन-ही-मन नाराजगी का गुबार उठा। मेरी भवें तन गईं। ये प्लस टू की लड़कियाँ सेकंड पीरियड के बाद ही कैसे बाहर निकल आती हैं। खबर लेती हूँ सोचकर गलियारे के बीचों-बीच की सीढ़ियाँ उतरने की बजाय सीधे उसका रुख किया। पर देखा सामने से वह खुद ही मेरी दिशा में आ रही है।

"गुड मॉर्निंग, मिस।" उसने पास आकर अभिवादन किया।

"गुड मॉर्निंग! आप यहाँ क्या कर रही हैं? किसका पीरियड है?"

"मिस, फ़िज़िक्स का···परंतु सर लैब में ओरल टेस्ट ले रहे हैं।"

"सो यू आर रोमिंग?" मैंने तरेरा।

"नो मिस, मैं आप ही का इंतज़ार कर रही थी। सर से अनुमति लेकर आई हूँ।"

"ओह, पर मेरा इंतज़ार क्यों?"

"कुछ बात करनी है।" उसके माथे पर चिंता की रेखाएँ थीं। "मिस, आर यू फ्री?"

"हाँ, यह मेरी खाली घंटी है। बोलो क्या बात है?"

"मिस, वहाँ चलिए न" अपनी खाली कक्षा की ओर इशारा करते हुए उसने कहा। मैं उसके साथ हो ली, उसने दरवाज़ा भिड़का दिया और मेरे सामने एक कुरसी पर बैठ गई।

मैंने उसका नाम पूछा, वह बोली, "रुचिका"।

मुझे याद आया दसवीं में मैंने उसे पढ़ाया था पर शांत रहने वाली मितभाषी रुचिका पढ़ाई में अच्छी होने के बावजूद नोटिस में नहीं आती थी। शायद ही पढ़ाई

के अलावा किसी सांस्कृतिक गतिविधि में भाग लिया हो। इसी कारण न तो उसका नाम याद था, न चेहरा।

"यस रुचिका, अब बताओ, कोई प्रॉब्लम?"

"यस मिस" कहते हुए उसकी निगाहें झुक गईं। उस जैसी चुप्पा लड़की अपनी किसी गलती के लिए शर्मिंदा है और कंफेशन के लिए मेरे पास आई है—ऐसा मैं सोच भी नहीं सकती थी, क्योंकि वर्षों के अनुभव ने छात्राओं की आँखों में, भाव-भंगिमा में उनका चरित्र पढ़ना सिखा दिया था और रुचिका बेहद शालीन, मितभाषी और अनुशासित छात्रा थी। फिर क्या बात हो सकती है जो यह कहने से हिचकिचा रही है।

"बोलो रुचिका, क्या परेशानी है? क्लास में कोई झंझट या स्कूल के बाहर··· ?"

"मिस! घर में···" कहकर वह सूनी उदास आँखों से मेरी ओर ताकने लगी।

"बेटा, खुलकर बताओ। मम्मी, पापा या टीचर से कुछ नहीं छिपाते। वही तो समस्या दूर कर सकते हैं।"

"पर मिस, मेरे पापा ही तो समस्या हैं।" उसकी आँखें पनिया गईं और देखते-देखते एक बूँद कोर से गाल पर ढुलक गई। जिसे झट से उसने हथेली से पोंछ लिया।

मैं निःशब्द···कई तरह के अनिष्ट अनुमान के घोड़ों पर सवार हो गए, कल्पना के कितने ही काले बादल मन में घुमड़ने लगे।

"रुचिका, मुझे पूरी बात बताओ और सिर ऊँचा करके···तुम तो बहादुर लड़की हो···मैं तुम्हारी मदद ज़रूर करूँगी।"

"मिस, इसीलिए तो आपके पास आई हूँ। पिछले एक हफ्ते से बहुत डिस्टर्ब हूँ। दिन-रात चिंता में पड़ी हूँ···पढ़ाई नहीं कर पा रही···सोचती रही, किससे शेयर करूँ। फिर लगा अब आप नहीं पढ़ातीं तो क्या···आप ज़रूर मेरी मदद करेंगी। मिस, मुझे याद है आपने मॉरल साइंस की क्लास में कहा था कि जो मम्मी-पापा से शेयर न कर पाओ, वह किसी टीचर से करो।" भर्राई आवाज़ में वह एक सुर में कह गई।

"बहुत अच्छा किया बेटा।" मेरी उत्सुकता भरी आँखें उस पर टिकी थीं।

नाक सुड़कते हुए लंबी साँस लेकर उसने कहना शुरू किया—

“मिस, पिछले दस दिन से रोज़ मम्मी-पापा में झगड़ा होता है, झगड़े का कारण एक औरत है। दो साल पहले पापा का उससे अफेयर हुआ था, घर में पता चलने पर बहुत हंगामा हुआ, पापा ने मम्मी पर हाथ भी उठाया। मम्मी बहुत रोती थीं…” एक साँस में उसका लावा फूट पड़ा। खुद को सँभालते हुए आगे बोली, “पापा कहते थे ‘मेरी मर्ज़ी है, मैं जो चाहे करूँगा’—मिस, मेरी दसवीं की बोर्ड परीक्षा के चलते मम्मी ने बहुत बरदाश्त किया और फिर परीक्षा के बाद मुझे लेकर मौसी के यहाँ चली गईं।” उसकी आवाज़ अतीत के टुकड़े चुन रही थी।

“फिर?”

“फिर मौसी के समझाने-बुझाने पर एक महीने बाद पापा हमें लेने आए और वादा किया कि अब से वे उस औरत से कोई संबंध नहीं रखेंगे। पिछले दो साल में धीरे-धीरे सब ठीक हो गया।”

“तो अब?”

“मिस, एक दिन मैंने पापा का फ़ोन गूगल सर्च के लिए उठाया तो सामने व्हाट्सएप खुला था। मैंने कुछ मैसेज पढ़ लिये…”—पल भर का विराम…मैंने उसे टोका नहीं।

“…और…और मिस, कुछ पॉर्न तसवीरें भी…”

इस बार मैंने दीर्घ निःश्वास ली। घरेलू मसलों को सुलझाना टेढ़ी खीर होती है, फिर मेरी भी एक सीमा थी, हर जगह घुसपैठ अभद्रता कहला सकती है।

“ओह, तो तुम्हें क्या लगता है…यह संदेश उसी महिला को भेजे गए थे या कोई और…”

“नहीं मिस, कोई और नहीं, ये वही है, मुझे पूरा विश्वास है, क्योंकि उसका नाम रंजना था। और पापा ने यह मैसेज किसी रंजन को भेजे थे। ज़रूर छिपाने के लिए नाम बदलकर सेव किया है। बताइए, पापा किसी पुरुष को लिख सकते हैं ‘आई लव यू हनी’ और भी बहुत कुछ…” उसकी आवाज़ संजीदा हो चली थी।

रुचिका उम्र की अठारहवीं दहलीज पर खड़ी एक नवयुवती थी, जो आज के उन्मुक्त माहौल, सोशल साइट की फिसलन, प्रेम और यौन संबंधों से भली प्रकार भिज्ञ थी। हमारे स्कूल में दसवीं से बारहवीं तक की छात्राओं के लिए विशेष वर्कशॉप और ओरिएंटेशन प्रोग्राम होते रहते हैं, ताकि वे इस बेहद संवेदनशील उम्र में अपने शरीर और मन, सेहत और सफाई, स्त्री-पुरुष संबंधों और सेक्स एजुकेशन

के बारे में पुख्ता जानकारी हासिल कर सकें।

तरुणाई की चौखट पर खड़ी लड़की के मन में पिता का बिंब टूटना, जीवन की अक्षय संपदा का लुट जाना है। मुझे रुचिका से सहानुभूति हुई और उसके पिता के गैर-जिम्मेदाराना रवैए पर रोष हुआ। बेचारी रुचिका खुद को सँभाले या पिता को। पिता का विश्वासघात झेलती माँ की पीड़ा रुचिका के मन में घर कर गई थी। पहले से ही शांत रहनेवाली लड़की अवसाद में जा सकती थी। अच्छा हुआ, वह मेरे पास आई। मैंने खुद को स्थिर किया और उससे मुखातिब हुई।

"ये बात माँ को पता चली?"

"जी मिस, मैंने ही बताया, पापा उस वक्त बाथरूम में थे। मैंने उन्हें चुपके से मैसेज दिखाए और पढ़वाए। उन्हें तो स्मार्टफ़ोन हैंडल करना ही नहीं आता।"

"ओह, तब माँ तो बहुत दुखी हुई होंगी।"

"जी मिस, मम्मी रुआँसी हो गईं। उन्होंने पापा से इस बाबत सवाल किया और दो साल पहले का वादा याद दिलाया, पर पापा उलटे उन्हीं पर चीखने-चिल्लाने लगे। बोले 'तुम्हारा दिमाग खराब हो गया है। कोई औरत का चक्कर नहीं है। यह तो मेरा एक दोस्त है।' मम्मी ने कहा, 'मुझे इस दोस्त से मिलना है।' इस पर पापा बिफर उठे और काँच का फूलदान उठाकर फर्श पर दे मारा। उसी शाम मम्मी ने मेज़ पर पड़ी दवाई की शीशी खोलकर ढेर सारी गोलियाँ खाने की कोशिश की। मैंने झपटकर मम्मी के हाथ की गोलियाँ गिरा दीं और चिल्लाकर मम्मी को अपना हवाला दिया कि वे मर जाएँगी तो मेरा क्या होगा…मिस, मैं नहीं जानती वो कौन सी दवाई थी, पर मैं बहुत डर गई।"

वह फूट-फूटकर रोने लगी। मैं कुरसी से उठकर उसके पास गई, उसके कंधे को थपथपाकर उसे शांत करने की कोशिश की।

"मिस, मुझे डर है। फिर कहीं दो साल पहले जैसा माहौल न बन जाए?" उसकी आँखों में चिंता के काले साए साफ़ दिख रहे थे।

"डरो मत रुचिका! सब ठीक हो जाएगा…बेटा, तुम पापा से बात क्यों नहीं करतीं? तुम अब बड़ी हो गई हो, पिता से सवाल कर सकती हो, तुम और तुम्हारी माँ उनकी ज़िम्मेदारी हैं। पुलिस है, कानून है, ऐसे में किसी की मदद ज़रूर लेनी चाहिए। सबसे अच्छा होता तुम मैसेज पढ़कर माँ को बताने की बजाय पिता से अकेले में बात करती।"

"मिस, पापा से इस तरह की बात आज तक नहीं की, अब कैसे करती? और जब पापा चिल्लाते हैं तो मैं भी बहुत डर जाती हूँ।"

"तुम मुझसे क्या चाहती हो? मैं उनसे बात करूँगी तो वे शर्मिंदा होकर और भी आक्रामक हो सकते हैं। मामला तुमसे संबंधित होता तो मैं हस्तक्षेप करती। यह बहुत संवेदनशील और निजी मसला है। कुछ सोचना पड़ेगा...अच्छा यह बताओ पापा किसकी बात सबसे ज़्यादा मानते हैं...तुम्हारे कोई चाचा, दादी, मामा या उनके कोई दोस्त?"

"मिस, उनके गुस्से से सब डरते हैं। फिर मम्मी किसी को बीच में डालना भी तो नहीं चाहतीं। कहती हैं बेइज़्ज़ती होगी।"

मुझे अफ़सोस हुआ सोचकर कि हम औरतों की यह मध्यम वर्गीय मानसिकता ही पुरुष पर अंकुश नहीं डालने देती। लोकापवाद और इज़्ज़त की प्राचीर तले कितनी ही औरतों की सुबकियाँ और आँसू दफ़न होते हैं। संबंधों के खँडहर पर हर सुबह वे एक नया महल बनाने की कवायद में जुट जाती हैं। उफ!

"रुचिका, पिछली बार तुम्हारे घर की यह समस्या मौसी ने सुलझाई थी न! इस बार भी उन्ही को बुलाकर बात करो।"

"मिस, यही तो समस्या है। मौसी अभी लद्दाख में हैं। छह महीने पहले मौसाजी का वहाँ तबादला हुआ है, उनसे कांटेक्ट करना बहुत कठिन है। वे यहाँ होतीं, तो पापा को ज़रूर समझा सकती थीं। और मैं जानती हूँ मेरी माँ दुनिया में और किसी से अपना दुःख साझा नहीं करेंगी।"

रुचिका के मसले में मैं खुद को अवश महसूस कर रही थी। अब से पहले ऐसी अशक्तता कभी नहीं हुई। अतीत में कई बार कई तरह की पेचीदा स्थितियों में अपनी शक्ति भर छात्राओं के लिए कुछ-न-कुछ मदद जुटा पाई हूँ। पर इस बार...खैर, कुछ सोचकर मैंने रुचिका से उसकी मौसी का फ़ोन नंबर माँगा। रुचिका ने कल देने का वादा किया। तभी घंटी बजी और मैंने अपनी अगली कक्षा की ओर प्रस्थान किया।

अगले दिन स्टाफ रूम के बाहर आकर वह अपनी मौसी का फ़ोन नंबर दे गई, जो मेरी दो दिन की लगातार कोशिश के बावजूद संपर्क क्षेत्र से बाहर बता रहा था। तीसरे दिन मैंने रुचिका को बुलाकर कहा कि संपर्क नहीं हो पा रहा है, वही कुछ करे। उसने बताया कि उसका कोई निजी फ़ोन नहीं है, पापा के फ़ोन को वह इस्तेमाल नहीं कर सकती, किसी रिश्तेदार को बीच में डालने से बात खुल सकती

है, जो किसी सूरत में उसकी माँ को गवारा नहीं।

"अच्छा मैं कोई रास्ता निकालती हूँ।" मैंने उसे सांत्वना का सूत्र थमाया।

"मिस, यह मामला जल्दी न सुलझा तो…" उसकी आँखों में परेशानी, भय और असमंजस के मटमैले रंग तैर गए।

"किसी तरह मौसी का आना बेहद ज़रूरी है।" उसके स्वर में अनुनय का पुट था।

"चिंता मत करो बेटा, सब ठीक होगा।" मैंने कह तो दिया, पर यह कहना वैसे ही था, जैसे मँझधार में अटकी नाव में बैठी माँ अपने बच्चे को बस किनारा आ ही गया, कहकर दिलासा की डोर थमाती है।

आज घर आकर भी मन रुचिका के जंजाल में फँसा था। रह-रहकर मैं दिमाग के घोड़े दौड़ा रही थी। कहीं से उलझे धागों के गुच्छे में कोई सिरा पकड़ में आ जाए तो गुंजल खुल जाए पर क्या करूँ…। तभी बर्फीली राह में धूप के एक कतरे सी उम्मीद की किरण कौंधी और मैं फ़ोन की ओर लपकी।

दिल्ली में छोटी बहन वंदना को फ़ोन लगाया, जिसके पति आई.टी.बी.पी. में उच्च अधिकारी थे। वह ज़रूर लद्दाख में आई.टी.बी.पी. की पोस्ट पर तैनात किसी अधिकारी से पहचान निकाल सकती है। संवेदनशील मामला बताते हुए उसे जल्द-से-जल्द गंभीर प्रयास करने को कहा।

मेरी बहन की कोशिश का शाम होते-होते अनुकूल परिणाम निकल आया। पता चला कि भारी हिमपात के कारण लेह में संचार के सभी साधन ठप्प पड़े हैं। संयोग से वहाँ तैनात कमांडेंट उसके पति के सुहृद मित्र निकले। आई.टी.बी.पी. के दिल्ली दफ्तर की मार्फत वायरलेस पर कमांडेंट साहब से बात हुई। वंदना ने मेरा दिया फ़ोन नंबर देकर अनुरोध किया कि उनसे बात कराएँ। साथ ही मेरा फ़ोन नंबर भी वहाँ छोड़ आई।

कमांडेंट साहब ने अपने स्टाफ को भेजकर लेह के सिंचाई विभाग में स्थानांतरित रुचिका की मौसी के पति तक संदेश पहुँचाया। अगले दिन रुचिका की मौसी ने आई.टी.बी.पी. के दफ्तर जाकर वायरलेस से ही मुझसे बात की। मैंने सारा माजरा कह सुनाया और रुचिका के घर की बिगड़ती स्थिति में उनसे हस्तक्षेप की गुजारिश की। वे सुनकर दुखी हुईं। उन्हें पता था कि स्थिति और संगीन हो सकती है सो वे जल्द-से-जल्द आकर समस्या को सुलझाना चाहती थीं, पर अभी सारी

उड़ानें रद्द थीं।

दो दिन बाद शुरू हुई इकलौती फ्लाइट में पुनः बहन की सिफारिश पर आई.टी.बी.पी. की मदद से रुचिका की मौसी के लिए टिकट उपलब्ध कराई गई और वे चौथे दिन दिल्ली होते हुए पटना पहुँची। एयरपोर्ट से मुझे आने की इत्तला दी। मैंने चैन की साँस ली।

इस मसले में उन्होंने क्या भूमिका निभाई मैं नहीं जानती, पर अगले दिन आकर रुचिका ने मुझे थैंक्स कहा—"मिस, मौसी आ गईं।" उसके चहकते स्वर में एक विश्वास था। मानो अब सब ठीक हो जाएगा।

आठ-दस दिन रहकर मौसी चली गईं, मुझे रुचिका से खबर मिली।

"अब सब कुशल है न!" मैंने पूछा पर ज़्यादा जानने की न मुझे इच्छा थी न आतुरता।

"यस मिस!" रुचिका का उल्लास मुझे शुभ संकेत दे गया।

आज नींद अच्छी आएगी, सोचकर मैं मन-ही-मन मुसकरा उठी। और हाँ··· नींद से पहले मुझे भी अपनी प्यारी बहन वंदना को थैंक्स कहना है।

□

रिज़ल्ट

उस दिन रिज़ल्ट आना था। ज़्यादातर का सीना धौंकनी बना हुआ था। रिपोर्ट काड्र्स लेकर मैं क्लास में दाखिल होती हूँ। पुरानी और नई क्लास की संधिबेला में स्टूडेंट्स को थैंक्स और नई क्लास की शुभकामनाएँ देने के बाद रोल नंबर के अनुसार नाम पुकारती हूँ। लायक और कम लायक सभी धड़कते दिल से एक-एक कर आती हैं। कुछ उत्साह से तो कुछ काँपती उँगलियों से रिपोर्ट कार्ड थाम लेती हैं। कुछ के चेहरे व्यग्रता और तनाव से खिंच गए हैं, क्योंकि उनके रोल नंबर नहीं पुकारे गए।

कुछ तो कारण होता है, जब टीचर किसी का रोल नंबर स्किप करती हैं। उपस्थिति का आँकड़ा कम है, फीस बकाया है, अनुशासन संबंधी कोई बड़ी शिकायत या किसी विषय में फ़ेल हो जाना। अंतिम कारण की कल्पना उनके मन को ऐसे आतंकित कर देती है, जैसे राह चलते शेर से सामना हो गया हो। शेर से मुठभेड़ जैसा ही भयानक अनुभव है, परीक्षा में अनुत्तीर्ण हो जाना। आस-पड़ोस, नाते-रिश्तेदार क्या कहेंगे···अगले साल पिछली क्लास में बैठना कटुकंटक अनुभव है। शेर तो चुटकियों में देह की चीर-फाड़ करता है, पर जूनियर छात्रों के साथ पूरे एक वर्ष बैठना, हर रोज़ स्वाभिमान का क्षत-विक्षत होना है।

"मिस, माय रिपोर्ट कार्ड··· ?" एक कातर स्वर मेरे कानों से टकराया।

"यू प्लीज वेट" कहकर मैंने छात्रा को उस ओर खड़े होने का संकेत दिया, जहाँ पहले से ही कुछ छात्राएँ खड़ी थीं।

सबको विदा करके इस ग्रूप को मैंने पास बुलाया।

इंतज़ार करनेवाले आठ-दस बच्चों की निगाह मेरे चेहरे पर अपनी रिपोर्ट कार्ड पढ़ने की कोशिश कर रही थी। पर उनकी रिपोर्ट कार्ड बनी ही नहीं थी। सबको एक हफ्ते बाद री-टेस्ट की डेट मिली थी, क्योंकि किसी एक विषय में वे

पास नहीं हो पाए थे। बहुत ही संवेदनशीलता और आत्मीयता से उनका हौसला बढ़ाते हुए मैंने यह घोषणा की थी, फिर भी सुनकर सबके चेहरे फक पड़ गए, आँखें पनिया गईं। सबको क्लास के बाहर खड़े अभिभावकों को सुरक्षित सौंपकर मैं निश्चिंत होना चाहती थी कि एक पेरेंट्स आए—

"मैम, आपसे कुछ बात करनी है।"

"जी कहिए!"

"यह बताइए कि आपके स्कूल के सभी बच्चे माँ-बाप को अहमियत नहीं देते या सोनम ही ऐसी है? हमने तो कभी अपने माँ-बाप की अवहेलना नहीं की···"

"सर,···आज का माहौल और मायने कितने बदल गए हैं, आज की पीढ़ी की तुलना हम अपने ज़माने से कैसे कर सकते हैं।"

"जब देखो हाथ में मोबाइल···इंग्लिश फिल्में देखना···बाल रँगवाना···" उनके पास दर्जनों शिकायतें थीं। उनकी पीड़ा मुझे भी साल रही थी। वे तड़पकर बोले,

"मैम, अभी फिट्जी में दो लाख रुपए जमा कराए हैं···"

"किसलिए?" मैं चौंकी।

"अभी से कोचिंग नहीं लेगी, तो आई.आई.टी. कैसे निकालेगी?" आग्नेय नेत्रों से वे सोनम को घूर रहे थे। माँ भी इतनी बड़ी धनराशि के डूबने की कल्पना से छटपटा रही थी।

मेरा माथा घूम गया, अब लगा इन पेरेंट्स का ही दो घंटे का कॉउंसलिंग सेशन ले लूँ।

"पर मिस्टर वर्मा! सोनम शुरू से मैथ्स में कमज़ोर है, आपने सोचा कैसे कि यह आई.आई.टी. में जाएगी?"

"नहीं मिस, वह जानती है कि इसे आई.आई.टी. क्लियर करना है··· मैं इसे डराने के लिए धमकी दे चुका हूँ कि यदि दसवीं में नव्वे प्रतिशत से कम अंक आए तो मैं सुसाइड कर लूँगा···फिर भी···"

इस तरह की बचकाना बातें सुनकर मुझे लगा अपने बाल नोच लूँ। एक तो बच्चे के सामने कह रहे हैं, मैंने डराने के लिए धमकी दी। इन्हें इतनी समझ नहीं कि कल होकर वह भी सही-गलत इच्छा पूरी न होने पर सुसाइड की धमकी दे सकती है। उफ···खुद को संयत कर मैंने कहा—

"सर, इसके कमज़ोर मैथ्स पर आई.आई.टी. का बोझा मत लादिए, न ही

इसकी आँखों में अपने सपने ठूँसिए। पहले इसे स्कूल का री-टेस्ट क्लीयर करने दीजिए···आई.आई.टी. की बात छोड़िए···किसी भी कॉलेज से यह इंजीनियर बन भी गई तो दस हजार की नौकरी के लिए कितनी जूतियाँ चटकानी पड़ेंगी···इसे खुद को डिस्कवर करने दीजिए, अपने सपने बुनने का मौका दीजिए···आई.आई.टी. के अलावा बहुत कुछ है करने को—एक सिंगर, एक्टर, नेता, अभिनेता से लेकर देश का प्रधानमंत्री बनने तक के विकल्प खुले हैं।"

"पर मैडम, (पत्नी की ओर इशारा कर) इनकी बहनों के सब बच्चे आई.आई. टियन हैं। कितनी बेइज़्ज़ती होगी···" उनकी आँखें छलक आईं। पीछे बेटी अपराधी भाव से खड़ी थी।

मुझे उनकी बातों पर कोफ्त भी हो रही थी और अपरिपक्वता पर दया भी आ रही थी।

आज के माँ-बाप आकाश कुसुम का ख़्वाब देखते हैं, हथेली पर जौ उगाना चाहते हैं। बच्चों को महँगे कपड़े, खिलौने, मोबाइल, टैब, आई फ़ोन देते हैं। स्कूल ट्रिप पर खर्च के लिए क्रेडिट कार्ड देते हैं। इनमें से एक भी बात के लिए स्कूल जिम्मेदार नहीं। आज अभिभावक लाड़-प्यार में अंधे होकर बच्चों को मौज-मस्ती की बेजा आजादी देते हैं। स्कूल के साथ कोचिंग की मोटी फीस जुटाने के लिए पिता के साथ माँ भी नौकरी कर रही है। वे संतान को खूब सुख-सुविधा और साधन दे रहे हैं, नहीं दे रहे तो समय, सादगी और संस्कार···ज़िम्मेदारी का अहसास···पैसों की कद्र और बचत की महिमा।

रात को सोने से पहले एक पारिवारिक सेशन बेहद ज़रूरी है, जिसमें दिन भर के अनुभव शेयर किए जाएँ और अनिवार्य रूप से नैतिक शिक्षा की एक कहानी या किसी महान् व्यक्ति की जीवनी सुनाएँ। जहाँ यह सब दिया जा रहा है, वहाँ बच्चे माँ-बाप के साथ-साथ टीचर्स को भी गौरवान्वित करते हैं।

उन पेरेंट्स ने उस दिन कई तरह के वाद-प्रतिवाद भी किए, मसलन बेटी फ़ेल कैसे हो सकती है। पचास हजार की ट्यूटर रखकर उन्होंने तीन माह का क्रैश कोर्स करवाया था, ट्यूटर को स्कूल के गणित शिक्षक से मिलने दिया जाए···आप लोगों ने उसके सही प्रश्न भी गलत कर दिए होंगे आदि-आदि।

बहरहाल स्कूल के नियमों के आगे उनकी कोई दलील न चली। आखिर उन्हें हाथ मलते हुए घर लौटना पड़ा।

मैंने जाती हुई सोनम को पुकारा और उसे एक कोने में ले गई। उसके कंधे पर मजबूती से अपना हाथ रखकर कहा—

"सोनम, तुम्हें री-टेस्ट क्लीयर करना है और मैं जानती हूँ तुम करोगी।"

अपनी बड़ी-बड़ी सजल आँखों से उसने मेरी आँखों में झाँककर मानो कहा—"सच!" गोया मँझधार में डूबती अपनी आस को खींचकर वह किनारे खड़ा कर रही हो।

मैंने दोनों हथेलियों से उसके कंधे थपथपा दिए—ऑल द बेस्ट सोनम!

दस दिन बाद नए सत्र में छात्राओं की सूची हाथ में आते ही मेरी आँखें आतुरता से सोनम का नाम खोजने लगीं। सुकून मिला देखकर कि सोनम का नाम सूची में मौजूद था। मैंने क्लास का रुख किया। कॉरीडोर में सोनम के माता-पिता मिल गए।

मैंने उन्हें बधाई दी। वे ठमककर बोले—

"मिस, मैंने सोनम को कह दिया था पास नहीं हुई तो मैं मर जाऊँगा··· चौकीदार की तरह इसके सिर पर बैठकर इसे अठारह घंटे रोज़ पढ़वाया है···ऐसे ही इसे आई.आई.टी. भी क्लियर करवाऊँगा।"

"उफ। फिर वही ढाक के तीन पात" मैं सन्न थी।

उस महत्त्वाकांक्षी पिता के चेहरे पर बेटी की सफलता के उल्लास की बजाय अपनी विजय का दंभ था।

बिना कोई प्रतिक्रिया दिए मैं आगे बढ़ गई।

सोनम के लिए अनायास जी भर आया।

मैं सोचने लगी—

"काश, हम अपने माँ-बाप खुद चुन सकते···"

□

लास्ट स्पीच

परसों वह क्लास में आई और हाथ का कागज़ देते हुए आग्रह किया—

"मिस, जरा इसे चेक कर दीजिए। मेरी फेयरवेल स्पीच है।"

"ओके, कम इन द नेक्स्ट पीरियड।" कहकर मैंने कागज़ रख लिया।

फिर वही किया जो बरसों से कर रही हूँ। उसके लिखे भाषण को जाँचा, परखा, काटा, तराशा। उसके लिखे नीले अक्षरों में मेरे लाल अक्षरों का जाल बिछ गया।

अगली क्लास में वह आई तो साधिकार कागज़ दिखाते हुए उसे झाड़ा—"देखो, ये क्या है ? तुम कॉन्वेंट की छात्राएँ दो साल में हिंदी लिखना बिल्कुल भूल जाती हो।"

उसकी सहज मुसकान...मौन स्वीकारोक्ति...

"चलो अब कल इसे कॉपी करके लाओ...ए फोर शीट पर वन साइड..."

कल वह आई, सचमुच साफ़-सुथरी दो शीट पर खुला-खुला चमकता हुआ लेख था। साथ में कलवाला मुचड़ा सा रफ कागज़ भी।

"हुँ, गुड! अब पढ़कर दिखाओ..."

वह पढ़ने लगी, मेरे कान सुन रहे थे... तभी सामने रखा कल का नीले लाल अक्षरोंवाला वो बासी कागज़ अनायास मेरे हाथों ने उठाया और चर्र से दो टुकड़ों में फाड़ दिया...टेबल के पास रखे डस्टबिन में डालने से पहले और भी छोटे टुकड़े करती कि तपाक से बाज की सी गति से उसने झपट लिया और—

"नो मिस..." कहकर कातर भाव से टुकड़ों को सहलाने लगी।

उसका आकस्मिक व्यवहार दुस्साहसपूर्ण था, पर स्वर में विनय थी। यह विरोधाभास मेरे लिए असमंजस का कारण था।

"क्या हुआ ?" मेरे माथे पर त्योरियाँ पड़ गईं।

"मिस, मत फाड़िए, मैं इसे सँभालकर रखूँगी।"

"अरे, पर क्यों?"

"ये स्कूल लाइफ की लास्ट स्पीच है।"

"पर, मैंने तो फाड़ दी···"

"कोई बात नही, मैं इसे चिपका लूँगी।"

मेरा पारा गिर चुका था, "पर बेटा, ये काट-पीट···ये कितनी बेकार है···"

"मिस तभी तो···यह ओरिजिनल ड्राफ्ट है···यादगार···इसमें आपकी हैंडराइटिंग···आपकी लाल कलम के निशान हैं···आपकी याद दिलाएगी यह स्पीच।"

युवत्व की दहलीज पर खड़ी स्कूल की वाइस प्रेसीडेंट उस पल एक नन्ही बच्ची में बदल गई थी।

···और मैं···मैं भीग गई, भीतर एक बाँध चटक गया और भावों का सोता उमड़ पड़ा। जी में आया उसे सीने से लगा लूँ और कहूँ—

"यही है वो, जो मुझे बरसों से बाँधे हुए है, तुम जैसी अनगिनत अनजान किशोरियों से, तरुणियों से···"

जी करता है इनकी सीढ़ी बन जाऊँ, इन्हें आकाश दिखाऊँ···जहाँ से मुट्ठी भर-भर तारे चुराकर ये लाएँ और दो चार तारे इस ज़मीं पर बिछाएँ··

□

दस्तख़त

सितंबर का महीना था। प्रथम सत्र समाप्त हो चुका था, अर्धवार्षिक परीक्षा के परिणाम दिए जा चुके थे। प्रिंसिपल ने मीटिंग बुलाकर क्लास टीचर्स को उन छात्राओं के नामों की सूची जमा करने का आदेश दिया, जो किसी भी टेस्ट में अनुपस्थित रही हैं। मैंने भी अपनी क्लास का चार्ट देखा तो पाया, दो छात्राएँ एक-एक विषय के एक-एक क्लास टेस्ट में जो दस-दस अंकों के होते थे, अनुपस्थित थीं। पर एक नाम मुझे मुँहजबानी याद था—अनुजा, जो तीन विषयों के दोनों क्लास टेस्ट के अलावा अर्धवार्षिक परीक्षा में भी अनुपस्थित थी।

समय-समय पर मैंने प्रिंसिपल को उसका नाम भी दिया। हर बार माता-पिता कोई-न-कोई दलील दे जाते उसकी अनुपस्थिति की पर अब अस्सी अंकों की अर्धवार्षिक परीक्षा में न बैठ पाने से उसकी रिपोर्ट कार्ड आधी-अधूरी थी। तीन विषयों में कुल बारह कॉलम खाली थे। रिज़ल्टवाले दिन भी अनुजा अनुपस्थित थी।

मैं नामों की सूची और अनुजा की रिपोर्ट कार्ड लेकर प्रिंसिपल के पास गई। देखते ही बिफर उठीं—

"लापरवाही की हद है, पेरेंट्स बिना सूचना के बच्चे को घर पर बिठा लेते हैं।" भुनभुनाते हुए उन्होंने घंटी बजाकर अपनी सचिव को बुलाया और तुरंत अनुजा के अभिभावक को फ़ोन पर स्कूल आने का आदेश दिया।

"मिस! यह छात्रा मेरी अनुमति के बिना क्लास में नहीं बैठेगी। आए तो इसे मेरे ऑफिस में भेजें।" मुझे आदेश मिला।

"यस सिस्टर!" कहकर मैं बाहर आ गई। दूसरे दिन अनुजा के अभिभावक स्कूल आए। प्रिंसिपल काफी कुपित थीं, जो जायज था। अनुजा के माता-पिता ने फिर घर में किसी की बीमारी, रिश्तेदारी में किसी की शादी, किसी की मृत्यु जैसे कारणों का हवाला देकर माफी माँगी। अब ऐसा न होने का वादा किया। पर इस

बार प्राचार्या खासी नाराज थीं। उन्होंने सख्ती से कहा कि वे क्लास टीचर से विमर्श करेंगी। अनुजा का पिछले छह महीने का आचरण और कक्षा में व्यवहार कैसा था, उस बाबत यदि क्लास टीचर से संतोषजनक रिपोर्ट मिलेगी, तब ही उसे सारे टेस्ट फिर से देने होंगे, तभी वह यहाँ पढ़ पाएगी।

प्रिंसिपल ने अनुजा के लापरवाह माता-पिता को स्कूल डायरी में नियमावली दिखाई, जिसमें साफ़ छपा था कि पाँच दिनों तक बिना सूचना अनुपस्थित रहने पर छात्रा का नामांकन रद्द कर दिया जाएगा।

"अब आप जा सकते हैं, परसों ग्यारह बजे आएँ, तब मैं अपना निर्णय सुनाऊँगी।"

इस तरह के री-टेस्ट लेने में शिक्षकों को खासी दिक्कत आती है। एक या दो बच्चों के लिए फिर से प्रश्नपत्र तैयार करने की माथा-पच्ची उनकी व्यस्त दिनचर्या का वजन बढ़ा देती है। प्रिंसिपल को तीन-तीन विषयों की शिक्षिकाओं की ना-नुकुर झेलनी पड़ेगी। स्कूल के नियमों की अनदेखी केवल संवेदनशील परिस्थितियों में की जाती है, पर यहाँ तो सरासर अनुशासनहीनता का मामला है।

हमारे विद्यालय का पूरे राज्य के सर्वश्रेष्ठ विद्यालयों में नाम था। एक ऐसा मिशनरी स्कूल, जहाँ के बच्चे देश-विदेश में अपने-अपने क्षेत्र में जौहर दिखा रहे हैं। अनुशासन, सादगी और करुणा—तीनों इस विद्यालय के आदर्श थे। इनके पालन के लिए हर छात्रा, शिक्षक और विद्यालय का हर कर्मचारी प्रतिबद्ध था।

बहरहाल, अगले दिन मैं स्कूल आई। असेंबली से पहले ही प्रिंसिपल ने मुझे पाँचवें पीरियड में मिलने की पेशकश की।

"मुझे अनुजा के बारे में फैसला लेना है, आप भी उस समय फ़्री हैं?"

"ओ के सिस्टर! आय विल कम।" मैं बोली।

हमारी प्राचार्या के दफ्तर में एक बड़ा सा बोर्ड लगा है, जिसमें ढेर सारे चौकोर खाने बने हैं। सीनियर स्कूल की लगभग पैंतीस टीचर्स के टाइम टेबल वहाँ कूट संख्या में लिखे हैं। अपनी कुरसी पर बैठे-बैठे प्राचार्या को यह बोर्ड दिखता है और वे जान जाती हैं, किस शिक्षिका को इस समय किस क्लास में होना है और किसका यह फ्री पीरियड है।

चौथा पीरियड समाप्त होते ही मैं स्टाफरूम में आई। यह हमारा अल्पाहार का समय होता है। सुबह छह बजे घर से निकलने के कारण ज़्यादातर टीचर्स

नाश्ता किए बिना आती हैं। इस समय तक अमूमन तीन क्लास पढ़ाकर दिमाग भी खाली और पेट भी खाली। मैंने टी-पॉट से अपने मग में चाय भरी ही थी कि संदेश आया—कोई पेरेंट्स मिलने आए हैं। पार्लर (रिसेप्शन) में बैठे हैं। यह ब्रेक टाइम हमारा निजी समय होता है और अभिभावक अमूमन अप्वाइंटमेंट लेकर ही मिलने आ सकते हैं। अपने निजी समय में शिक्षक किसी को मिलने का समय नहीं देते, पर कभी-कभार खड़े-खड़े एक-दो मिनट की वार्त्ता को टालना भी कठोरता लगती है।

कौन हो सकता है, मैंने तो किसी को मिलने भी नहीं बुलाया···कभी-कभी बुलाए गए नियत समय का उल्लंघन करके अभिभावक ब्रेक में ही पहुँच जाते हैं। खैर, देखती हूँ, चाय का प्याला छोड़ मैं पार्लर की ओर लपकी।

एक स्त्री और पुरुष मुझे देखते ही सोफे से उठ खड़े हुए। अभिवादन में दोनों के हाथ जुड़ गए।

"मैडम, हम अनुजा के पेरेंट्स हैं।"

"ओह, पर आपको तो मैंने नहीं बुलाया, आप प्रिंसिपल से मिलिए।" मेरा विनम्र उत्तर था।

"मैडम, आप अनुजा का एक साल बचा सकती हैं, प्रिंसिपल बहुत खफा हैं।"

"उनकी नाराजगी जायज है, आप नियमों की अनदेखी करते हैं।"

"जी, मैडम! भूल तो हुई है, पर अब आप अनुजा की सिफारिश करें तो प्रिंसिपल उसे एक मौका और दे देंगी।"

'सिफारिश' शब्द सुनकर मैं बिदकी—"देखिए जो निर्णय लेना है, वे ही लेंगी और मुझे क्या करना है, मैं जानती हूँ।"

"मैडम, आप तो बहुत दयालु हैं, आपने इसकी बहन तनुजा की भी मदद की थी। इस बार भी हमारी छोटी बेटी को आपका सहयोग चाहिए, उसकी अच्छी रिपोर्ट प्रिंसिपल को दें।"

"तनुजा!" मेरे मुँह से फूट पड़ा।

"जी मैडम, अनुजा की बहन है तनुजा, तीन साल पहले बारहवीं करके निकली है।"

तनुजा का नाम सुनते ही मेरे चेहरे के भाव बदल गए। अनुजा के पिता पर एक गहरी निगाह डाली।

"ओह, यह वही शख्स है।" खुद से कहा और दूर बह निकली यादों की लहरों के साथ।

आठवीं क्लास का अंतिम कालांश (पीरियड) था। छात्राएँ कतारबद्ध होकर अपनी-अपनी कॉपी में मेरे हस्ताक्षर ले रही थीं। इस क्लास में मैं संस्कृत पढ़ाती थी, सप्ताह में केवल दो पीरियड। संस्कृत बहुत सी छात्राओं के लिए बेहद कठिन विषय था, बिल्कुल काला अक्षर भैंस बराबर, जबकि एक चौथाई बच्चों के सौ में से नब्बे-पंचानबे तक नंबर आते थे। यानी दूसरा गणित, जिसे समझ आता है, उसके वारे न्यारे, न आए तो शून्य। आठवीं के बाद इस विद्यालय में संस्कृत की पढ़ाई नहीं होती तो ज़्यादातर इसे गंभीरता से न पढ़तीं, किसी तरह पास हो जाना ही लक्ष्य था। इसी के मद्‌देनजर मैं जो पढ़ाती, बोर्ड भरकर उसके उत्तर लिख देती, ताकि बिना हलंत-विसर्ग की गलती किए वे शुद्ध-शुद्ध अपनी कॉपी में उतार लें। हर शुक्रवार के पीरियड में उनकी पुस्तिका में हस्ताक्षर करके सुनिश्चित कर लेती कि सबने बोर्ड से उत्तर उतार लिये हैं। हस्ताक्षर करते हुए पलटकर पिछला काम देखती, यदि मेरा हस्ताक्षर नहीं है, इसका मतलब छात्रा ने उस दिन काम पूरा नहीं किया था। ऐसी स्थिति में—

'डू द वर्क ट्वाइस' यानी अधूरे काम को दो बार करने का दंड मिलता था। संस्कृत में अरुचि के बावजूद उन्हें नवीं कक्षा में जाने के लिए आठवीं में संस्कृत विषय में उत्तीर्ण होना अनिवार्य था, यह सी.बी.एस.ई. का नियम था। इसी के चलते मुझे छात्राओं पर ऐसे दबाव बनाने पड़ते थे।

उस दिन कतार में छात्राएँ मेरे दस्तख़त ले रही थीं। अगली कॉपी साइन करने से पहले मैंने पिछला पन्ना खोला—फिर उससे पिछला-फिर पिछला-पिछले चार-पाँच कार्यों पर दस्तख़त थे, पर वो मैंने नहीं किए थे।

"तनुजा! ये हस्ताक्षर किसने किए?"

"मिस आपने···"

"नहीं, ये मेरे दस्तख़त नहीं हैं।"

"मिस, आप ही के हैं।"

"मेरे हैं, पर मैंने नहीं किए। तुमने किए?"

"नो मिस, आय स्वेयर···सौगंध खाती हूँ!" उसने अपना कंठ छूते हुए कहा।

"फिर झूठ···देखो, सच कहो, वरना यह कॉपी प्रिंसिपल के पास जाएगी।" मैंने अंतिम अस्त्र छोड़ा।

"मिस ले जाइए, जब मैंने कुछ किया ही नहीं, तो क्यों मानूँ।" सारी क्लास अवाक् होकर यह नज़ारा देख रही थी।

इतने में घंटी बज गई। छुट्टी होने से सब बस्ता समेटकर घर जाने लगीं। मैं तनुजा की कॉपी लेकर स्टाफरूम आ गई। वह पीछे-पीछे कॉपी वापस पाने की गुहार करती रही, पर यह स्वीकारे बिना कि दस्तख़त उसने या किसी और ने किए हैं।

"कॉपी अभी नहीं मिलेगी तनुजा, तुम जाओ।"

मैंने फिर से मुआयना किया, मन-ही-मन हँसी भी कि मेरे दस्तख़त की नकल करने का अच्छा प्रयास किया है, पर मेरी निगाह ने एक पल में असली-नकली को पहचान लिया था। खैर कॉपी लॉकर में रखकर मैं घर लौट आई, सोचा—कल एक बार पुनः उसे अलग से बुलाकर काउंसलिंग करूँगी कि बेटा! किसी के दस्तख़त करना गैर-कानूनी है, यह किशोरावस्था की खुराफात ही अपराधी प्रवृत्तियों को जन्म देती है। प्यार से समझाऊँगी, वह डबडबायी आँखों से स्वीकार लेगी···बस, यह पछतावा ही तो गलतियों को धो देता है। इतना ही करना है। प्रिंसिपल के पास ले जाने की धमकी तो शिक्षकों का ब्रह्मास्त्र होता है, जिसे वे चलाते कम हैं, दिखाते ज़्यादा हैं।

पर अगले दिन स्कूल पहुँचते ही आशातीत घटना घटी। मैं स्टाफरूम पहुँची ही थी कि एक शिक्षिका ने सूचित किया, कोई स्टाफ-रूम के बाहर मुझसे मिलना चाहता है। मैं परदा हटाकर बाहर आई, देखा, छह फीट से लंबा एक कद्दावर व्यक्ति मुझ पर टूट पड़ा। न अपना परिचय न मेरा, अपनी तर्जनी उठाकर बड़ी-बड़ी आग बरसाती आँखों से मुझे निगलने को आतुर। उग्र स्वर में चिल्लाते हुए बरस पड़ा—

"मैंने अपनी बेटी को ऐसे संस्कार दिए हैं कि वह कभी कोई गलत काम कर ही नहीं सकती।"

मै अकबकाकर उसे देखने लगी। माजरा क्या है, समझ नहीं आ रहा था, इतने में वह व्यक्ति फिर गरजा—

"खुद तो बदल-बदलकर दस्तख़त करती हैं और इलजाम मेरी बेटी पर···"

"ओह, तो यह तनुजा की बात हो रही है।" उस व्यक्ति के विस्फोटक व्यवहार का सूत्र मेरी पकड़ में आ गया।

तभी प्रार्थना सभा की घंटी बजी, सब असेंबली स्थल की ओर तेजी से बढ़ गए। इस सारे प्रकरण को आती-जाती कई शिक्षिकाओं और छात्राओं ने हतप्रभ होकर देखा, क्योंकि मेरे वर्षों के कार्यकाल में ऐसी एक भी अप्रिय घटना नहीं घटी कि कोई अभिभावक मुझे तर्जनी दिखाकर धमकाने के सुर में बात करे। सब हैरान थे। इसी बीच उन महाशय का ऊँचा स्वर सुनकर अचंभित प्राचार्या अपने दफ्तर से निकलकर स्टाफ-रूम की तरफ आ गईं। यह कॉरीडोर अभिभावकों के लिए प्रतिबंधित था, पर तनुजा के पिता तैश में अनुमति लिये बिना सीधे स्टाफ-रूम के बाहर चले आए थे—

"व्हाट इज़ हैपनिंग" (क्या हो रहा है) ? प्रिंसिपल ने मुझसे प्रश्न किया।

"हाऊ डिड यू एंटर दिस एरिया ? यू आर नॉट अलाउड" (आपने इस क्षेत्र में प्रवेश कैसे किया, आपको अनुमति नहीं है)—इस बार वे उन अभिभावक से मुखातिब थीं।

प्रिंसिपल के सामने आते ही वे महानुभाव भीगी बिल्ली बन गए। उनकी 'गुड मॉर्निंग सिस्टर' को नजरअंदाज करते हुए प्राचार्या ने उन्हें पार्लर (प्रतीक्षालय) में बैठने का और असेंबली के बाद अपने ऑफिस में आने का निर्देश दिया।

असेंबली के तुरंत बाद मैं खुद ही अपनी छात्रा की कॉपी लेकर प्रिंसिपल के पास गई और उन्हें सारी घटना कह सुनाई। वे किंचित् नाराज हुईं कि यह बात मैंने उन्हें कल ही क्यों नहीं बताई। मैंने स्पष्ट किया कि अंतिम कालांश में यह सब हुआ। आज मैं उससे एक बार और बात करनेवाली थी और उसके गलती न स्वीकारने की स्थिति में ही मामला आप तक पहुँचाती। हर छोटी-बड़ी बात के लिए प्राचार्या का दखल उनकी गरिमा को घटाता है और बेवजह काम को बढ़ाता है। आए दिन ऐसी घटनाओं से टीचर्स को दो-चार होना पड़ता है। प्राचार्या को स्कूल में आए दो साल हुए थे और मैं दस साल पुरानी सीनियर टीचर थी। वे मेरी बात से आश्वस्त हुईं और मुझे अपनी क्लास में जाने का आदेश दिया।

सारा मामला समझने के बाद उन्होंने तनुजा के पिता को बुलाया। वे बार-बार अपने संस्कारों का हवाला देकर यह गारंटी दे रहे थे कि उनकी बेटी न कभी झूठ बोलती है, न कोई अनुचित काम करती है। हाँ, इस बार उनका सुर बिल्कुल मद्धम था। उस दिन पहली बार मुझे लगा कि अभिभावकों के लिए प्राचार्या और शिक्षक की अलग-अलग औकात है, जैसे एक घर का सोफा, दूसरा पायदान। मन कसैला हो

गया सोचकर कि ये नादान इतना नहीं समझते कि शिक्षक किसी भी विद्यालय के स्तंभ होते हैं, उनके बच्चों को आकाश चढ़ानेवाली सीढ़ी और नस्लों के निर्माता। प्राचार्य तो प्रशासक हैं, पर शिक्षक माली, कुम्हार, सुनार न जाने क्या-क्या बनकर उनके बच्चों को तराशते, सँवारते हैं, गढ़ते हैं—इंसान बनाते हैं, महान् बनाते हैं। खैर…।

प्रिंसिपल ने पुस्तिका को जाँचा-परखा और पाया कि सचमुच दस्तख़त नकली हैं, पर कोई फैसला करने से पहले एक बार मुझे और तनुजा को उसके पिता के सामने बुलाया। पिता अपनी बात पर अडिग और पिता का संबल पाकर बेटी भी टस-से-मस नहीं हुई। मुझे प्राचार्या ने भेज दिया।

बाद में क्या हुआ, नहीं जानती, पर तनुजा को एक सप्ताह के लिए सस्पेंड किया गया। शायद मेरी अनुपस्थिति में उसने अपनी गलती स्वीकार ली होगी। काश, वह मेरे सामने टूट जाती तो यों दंडित न होना पड़ता।

पर उसके सस्पेंशन से मैं बहुत बुरा महसूस कर रही थी। उसकी क्लास में सारी छात्राएँ यह जान चुकी थीं। एक तरह से यह प्रत्यक्षदर्शियों के लिए सबक भी था, पर तनुजा के लिए किशोरवय की यह अवमानना त्रासद रही होगी।

तीसरे दिन पुनः प्रिंसिपल ने मुझे बुला भेजा। मैं उपस्थित हुई, उन्होंने मुसकराते हुए मुझे बैठने को कहा। उनका मूड कुछ मस्ती भरा था। मुझसे बोली, "गो टू द पार्लर…दैट ड्रामाकंपनी इस वेटिंग फॉर यू।" (प्रतीक्षालय में जाइए, वो ड्रामेवाज आपका इंतज़ार कर रहा है)

"कौन? कैसा ड्रामा?" मैं भौंचक।

उन्होंने बताया कि तनुजा के पिता उनके दफ्तर आकर उनके पैरों में पड़कर रोना-धोना कर रहे थे कि सिस्टर! बेटी को स्कूल आने दें, मुहल्ले में बहुत बेइज़्ज़ती हो रही है। उनके पैरों में पड़ने से सिस्टर घबराकर पीछे हट गईं। उनका रोना-धोना उन्हें ड्रामाई अंदाज लगा—यह सब उनकी सचिव ने मुझे बताया। प्रिंसिपल ने उन्हें कहा कि आपने टीचर का अपमान किया है, पहले उनसे माफी माँगिए। इसी बाबत मुझे बुलाया गया था। मुझे पार्लर में जाकर उनसे मिलने के लिए कहा गया। मैं झिझक रही थी—

"सिस्टर छोड़िए, अब मुझे न भेजें। इस मुद्दे पर अब मैं और बात नहीं करना चाहती।"

"नो नो, यू गो।" उन्होंने मनुहार की।

मैं पार्लर में गई। सचमुच ड्रामाई अंदाज में दोनों हाथ जोड़कर वे मेरी ओर द्रुतगति से बढ़े और कदमों में झुक गए। मैं छिटककर दो कदम पीछे हो गई। मैंने हाथ जोड़ लिये—

"प्लीज यह आप क्या कर रहे हैं, यू आर रिस्पेक्टेबल पेरेंट···"

"नहीं मैडम, बहुत गलती हो गई, मैडम, माफ कर दीजिए मैडम, आपको बहुत कुछ कह गए मैडम···।"

उनका एक वाक्य में चार बार 'मैडम' संबोधन हास्यास्पद सा था, पर मेरा मन पसीज गया। ओह, कैसे यह शख्स उस दिन मुझ पर टूट पड़ा था, आज बच्चे के लिए धरती में गड़ने को तैयार है।

"सर, आप बैठिए। मुझे बस एक ही बात कहनी है कि टीचर और पेरेंट्स के सामंजस्य से ही बच्चे का विकास हो सकता है। आपका अपने बच्चे पर अंधा भरोसा और टीचर पर बिल्कुल अविश्वास बहुत खतरनाक है। कई बार आप अठारह घंटे साथ रहने पर भी अपने बच्चे को उतना नहीं पहचान पाते, जितना हम छह घंटे में जान जाते हैं।"

"मैडम, यही तो भूल की, बेटी पर ज़्यादा ही भरोसा कर लिया। उसके झूठ को सच मान लिया।"

"भरोसा तो आगे भी कीजिए, पर सचेत रहिए, नाजुक उम्र है, अभी न जाने कितनी जगह फिसलेंगे, हमें ही उन्हें थामना है।"

"जी मैडम, अब ऐसा नहीं होगा, बस उसका सस्पेंशन हटवा दीजिए। प्रिंसिपल ने कहा है, आप उसे माफ कर दें और मुझे भी।"

"सर, मैंने उसे तभी माफ कर दिया, जब उसने प्रिंसिपल के सामने मान लिया कि दस्तख़त उसी ने किए थे और आप तो कुछ न कहें, हर बच्चे के अभिभावक हमारे लिए आदरणीय हैं।"

उन्हें आश्वस्त करके मैं प्रिंसिपल के पास गई और उन्हें प्रार्थना की कि कल से तनुजा को स्कूल आने दें। असल में प्रिंसिपल पहले ही उसे आने देने का मन बना चुकी थीं। बस उन्हें महसूस कराना चाहती थीं कि इस स्कूल की शिक्षिकाएँ भी समादृता हैं। अगले दिन से तनुजा स्कूल आने लगी।

"मैडम, तनुजा की तरह आज अनुजा को भी आपकी मदद की ज़रूरत है, आप मदद करेंगी न।"

तनुजा के पिता के बिंब को अनुजा के पिता के स्वर ने तोड़ दिया। मैं कल से आज में लौट आई। वही कद-काठी पर सिर के बालों के साथ चेहरे की ललाई भी सात-आठ बरसों में झड़ गई थी।

"आप चिंता न करें, अनुजा को कहें, परीक्षा की तैयारी करे और अच्छे अंक लाए। अगले सत्र में एक भी दिन वह अनुपस्थित न रहे।"

जाते-जाते चार बार वे धन्यवाद बोलकर गए।

मैं जानती थी, प्रिंसिपल उसे री-टेस्ट के लिए बुला लेंगी। वही हुआ भी…।

तभी ब्रेक ओवर होने की घंटी बजी। पाँचवाँ पीरियड शुरू हो गया था। प्रिंसिपल ने मुझे बुलाया है। मुझे कुछ याद आया। तेज कदमों से स्टाफ-रूम की ओर लपकी। मेरी टेबल पर रखा चाय का प्याला मेरे दिलोदिमाग की तरह बिल्कुल ठंडा हो चुका था।

मैंने उसे सिंक में उलटा और टिफिन बॉक्स बैग में वापस रखकर प्रिंसिपल के ऑफिस की ओर बढ़ी। न जाने क्यों, आज बिन खाए ही मन बड़ा तृप्त लग रहा था ।

□

आई हेट माय नेम

उस दिन क्लास में घुसते ही अजीब नज़ारा देखने को मिला। अमूमन शिक्षक के प्रवेश करते ही अव्यवस्थित क्लास अनुशासन के अमूर्त ताप से इस्त्री की हुई कड़क चादर सी तन जाती थी। पर आज माहौल बदला हुआ था। खिड़की से मुझे आता देख कुछ छात्राएँ मेरे द्वार पर पहुँचने तक सावधान मुद्रा में खड़ी हो गईं, पर अधिकांश मेरे प्रवेश से अनभिज्ञ थीं। एक बच्ची लगातार रोए जा रही थी, उसकी सहेलियाँ उसे चुप करा रही थीं। आधे बच्चे टूटी-फूटी गुड मॉर्निंग कह रहे थे, आधे अस्त-व्यस्त, कुछ रोनेवाली को घेरे हुए, कुछ तमाशबीन। मैं पशोपेश में···आखिर माजरा क्या है।

हल्की फटकार से सबको तितर-बितर किया।

"आखिर मसला क्या है ?" मैं जानने को उत्कंठित।

सब एक-दूसरे का मुँह ताकें, आखिर क्लास कैप्टन ने परदा उठाया—

"मिस, लड़कियाँ उसके नाम को लेकर मजाक उड़ाती हैं, इसीलिए···"

"नाम को लेकर मजाक ? यह क्या बात हुई···क्या नाम है इसका ?" मेरे लिए यह बिल्कुल नई क्लास थी। दो-चार को छोड़ किसी का नाम नहीं जानती थी।

क्लास में चुप्पी···मैंने रोनेवाली को इशारे से उठाया।

"बेटा, क्या नाम है आपका ?"

बच्ची उठी, डबडबाई आँखों से मुझे देखा और निगाहें झुका लीं। दो बड़ी-बड़ी बूँदें गालों पर ढुलकतीं उसके पहले ही झट से आँसुओं के नमक को उसने उँगलियों में जज्ब कर लिया।

मैं असमंजस में थी, कोई अपने नाम को लेकर इतना संवेदनशील कैसे हो सकता है। अब खिल्ली उड़ाने वालों के प्रति मेरा पारा चढ़ने लगा। खुद को संयत कर भरसक कोमलता से फिर पूछा—

"अच्छा, अपना नाम बताओ।"

"मिस, धनपति मिश्रा"

क्लास में घुटी-घुटी सी हँसी फूट पड़ी। पर मेरी सख्त निगाहों से जल्द ही हँसी का पटाखा फुस्स पड़ गया।

सच तो यह था कि नाम सुनकर पल भर को मैं भी चौंकी थी। आज के ज़माने में ऐसा पुरातन नाम···फिर लड़की के लिए ऐसी पुल्लिंग संज्ञा। भलेमानुष माता-पिता इससे तो बेटी का नाम लक्ष्मी ही रख देते।

बहरहाल मुझे तो माहौल को सँभालना और सुधारना था। सो बोली—

"हाँ, तो क्या दिक्कत है इस नाम मे? कितना सुंदर अर्थ है इसका—गॉड ऑफ वैल्थ यानी कुबेर।"

क्लास के होंठों पर अब भी धीमी मुसकान थी।

"किसने रखा तुम्हारा नाम?"

"मिस, मेरी दादी ने···बट आई हेट माय नेम" लगा जैसे उसके मुँह में नीम की कड़वी निबौरी आ गई है।

"बेटा, नाम में तो खराबी नहीं पर एक गड़बड़ है। तुम्हारा नाम तो गॉडेस ऑफ वैल्थ होना चाहिए था। फिर भी है तो यह नाम दादी की सौगात। है न···और समझ लो, तुम तो लाइव लक्ष्मी हो, तुम्हारे पास जब ढेर सारी दौलत होगी न, तब देखना सब कैसे तुम्हारी चापलूसी करेंगे, आगे-पीछे डोलेंगे।" उसे फुसलाने की मेरी कोशिश कामयाब होती दिखी।

धनपति के रोंदू चेहरे पर अब भोली मुसकान का कब्जा हो गया था। क्लास में भी तनाव के बादल छँट गए थे।

मैंने एक और टुकड़ा जोड़ते हुए क्लास को संबोधित किया, "पर किसी के नाम में, पुल्लिंग शब्द हो तो उससे क्या, वीमेन लिबरेशन का जमाना है, हम क्या पुरुषों जैसे कपड़े नहीं पहनते, उनके जैसे काम नहीं करते, तो फिर उनके जैसे नाम रखने से कौन रोक सकता है भला!"

माहौल की तल्खी को मिटाने के लिए मैं खुद ही सवाल खुद ही जवाब का स्वाँग भर रही थी।

"चलो नाम को लेकर एक मज़ेदार घटना सुनाती हूँ।"

सबके झुके कंधे तन गए, कानों का एंटीना स्वर तरंगों को ग्रहण करने को तैयार

और साठ जोड़ी आँखें मेरे चेहरे पर। सीमा पर तैनात सैनिक सी उनकी भंगिमा देख मन–ही–मन हँसी आ गई। पढ़ने के नाम पर आधी क्लास पार्लियामेंट में बैठे थकेले सांसदों की तरह श्रोता या कहूँ तो सोता की भूमिका में होती है। खैर इसी कमज़ोर नब्ज को पहचानने की वजह से मैं बैगपाइपर की तरह अपने शिक्षण को कहानियों, किस्सों के जंगलों, सुरंगों, घाटियों, गुफाओं से गुजारकर मंज़िल तक पहुँचाती हूँ।

बहरहाल हुआ यह कि कल अपनी माँ से फ़ोन पर बात कर रही थी। माँ छोटी बहन लता की बात करते हुए भूल से बेबी, गिन्नी, दीक्षा···यानी दूसरी बेटी और नतनियों के नाम लेने लगीं, फिर हँसकर झुँझलाते हुए बोलीं—

"ओह, सही नाम याद ही नहीं आता।"

मैंने कहा कि माँ, कोई बात नहीं, मैं तो अभी से भूलने लगी हूँ, आपकी उम्र में पता नहीं क्या होगा। फिर उन्हें अपने बचपन की एक बात सुनाई। आप भी सुनें।

तब दिल्ली के रामजस स्कूल में सातवीं में पढ़ती थी। एक क्लासफ़ेलो थी—प्रतिमा जैन। उसकी छोटी बहन छठी में पढ़ती थी। वे छह बहनें थीं, एक धनी व्यवसायी पिता की पुत्रियाँ, जिनकी रिहायश मेरे घर से सटी हवेली में थी। एक दिन उनके पिता को शायद फीस जमा करने स्कूल आना पड़ा (या किसी और सिलसिले में, याद नहीं)। दफ्तर में पूछा गया बेटी किस सेक्शन में है, पर वे इससे अनभिज्ञ थे।

क्लर्क ने पूछा, "अच्छा बेटी का नाम बताइए।"

अबकी वे सकपका गए। हकलाते हुए बोले—

"भई, दो बेटियाँ है, एक छठी में, दूसरी सातवीं में, नाम तो नहीं पता···घर में बड़ी गुड्डो और छोटी गुड्डो कहते हैं।" फिर दफ्तर के फ़ोन से घर पर पत्नी से पूछा बेटियों के नाम क्या हैं।

माँ यह किस्सा सुनकर खूब हँसी और बोलीं, "बेटा, तब इतने सारे बच्चे होते थे। फिर ज़्यादातर के घर के नाम। पप्पू, गप्पू, गोलू, बंटी, टिल्लू, नौटी या बबली, बेबी, गुड्डो, पिंकी हुआ करते। (मुझे याद है मेरे पड़ोस की एक लड़की का निकनेम 'कलम' था) माँओं को रसोई से फुरसत नहीं, बाप को कमाने से। पंडितजी ने जन्मकुंडली में जो नाम रख दिया, वही रह गया।"

मैं बता दूँ मेरा नाम मेरी टीचर ने रखा था। कारण स्कूल में दीदी के एडमिशन के साथ मेरा अनप्लांड एडमिशन हुआ था। माँ बताती हैं कि मैं रोने लगी थी, मुझे

भी पढ़ना है। उम्र अभी कम थी, बाहर का नाम भी नहीं रखा गया था। टीचर बोलीं कि कोई बात नहीं उम्र बढ़ाकर लिख देती हूँ और नाम भी रख देती हूँ। आज लगता है उम्र बढ़ाकर मेरा लाखों का नुकसान कर दिया। भई दो साल पहले सेवानिवृत्त जो हो जाऊँगी और अभी बताते हुए खूब हँसी आ रही है, पर पूरे छात्र जीवन मुझे भी धनपति की तरह बेहद नापसंद था अपना नाम। दिलचस्प बात यह है कि जिन महिला टीचर ने मेरा नाम रखा था, उनका खुद का नाम था—रमेश।

बाद में अपना नाम खुद ही बदला, एफिडेविट कराकर। फिर अपनी छह साल छोटी बहन और बारह साल छोटे भाई का नाम मैंने ही रखा। मायके और ससुराल के सात बच्चों के नाम मैंने ही रखे। बहुत सारे मित्रों के बच्चों के नाम मुझे ही रखने को कहा जाता रहा।

आजकल तो गर्भ में बीज पड़ते ही नाम चुन लिये जाते हैं—बेटा हुआ तो अला नाम, बेटी हुई तो फला नाम। मुझे तब और अब का फर्क मज़ेदार लगता है, कभी नहीं लगता हम उपेक्षित थे। कभी नहीं लगा, माँ-बाप ने ध्यान नहीं दिया। बड़े-बड़े इनाम जीतकर लाने पर आज के अभिभावकों जैसी एक्साइटमेंट क्यों नहीं दिखाई। अभिव्यक्ति की सघन बौछार से अपना प्रेम क्यों नहीं बरसाया। हमने कभी कुंठा नहीं पाली, कभी उन्हें कटघरे में खड़ा नहीं किया।

आज के बच्चे नसीबोंवाले हैं, खूब खाद-पानी मिल रहा है, फिर भी खिलते नहीं, मुसकाते नहीं, खिलखिलाते नहीं। शिकवा, शिकायत, असंतोष, बेरुखी, झुँझलाहट···छोटी सी उम्र में कितने गम पाल लेते हैं। हमसे सीखो हम बेवजह खुश रहते थे, वो खुशी आज तक रूह में बसी है··· आज भी चेहरे पर दमकती है।

मेरे प्यारे बच्चो! खूब हँसो, खिलखिलाओ जैसे झरते हैं फूल, बरसते हैं बादल, खिलती है धूप।

नाम में क्या रखा है, काम मायने रखता है।

"···और हाँ धनपति! नाम को लेकर कुंठित रहना ठीक नहीं। यदि चाहो तो दसवीं का फार्म भरते हुए अपना नाम बदल सकती हो।"

उस दिन का पूरा कालांश धनपति के नाम होम हो गया, पर देखकर संतोष हुआ कि अंत में धनपति के साँवले मुख पर मुसकान यूँ चमक उठी, जैसे अँधेरी बगिया में जुगनू दमक उठते हैं।

□

खाई

छोटे शहरों के कॉन्वेंट स्कूल आज भी परंपरावादी हैं। नैतिक मूल्य, सेवा और सादगी की लीक पर चलने वाले। महानगरीय बयार से कुछ हद तक अछूते। फैशन के खिलाफ, बॉयफ्रेंड के नाम पर बिदकनेवाले, अँगूठी, चेन, फैंसी घड़ी—यहाँ तक कि आँखों में काजल लगाने पर भी पाबंदी। यहाँ छात्राओं की स्कूल डायरी की नियमावली में साफ़-साफ़ निर्देश है कि स्कर्ट की लंबाई घुटने से बस दो इंच ऊँची हो और मोज़े की ऊँचाई घुटने से दो इंच नीचे तक की हो। बड़ी छात्राओं के कुरते की स्लिट और नेकलाइन छोटी हो।

जीवन की सबसे सुंदर उड़ती पतंग सी नटखट उम्र को सादगी के निर्वाह हेतु कितनी ही डोरों से बाँध दिया जाता है। किंतु परिणाम बताते हैं कि इस कच्ची उम्र में नियमों की ठोक-पीट इन छात्राओं को उम्र भर के लिए एक अनुशासित, आज्ञाकारी और कर्मठ इंसान बना देती है। हमारा विद्यालय पिछली अर्धशती से अधिक समय से इन्हीं उद्देश्यों का परिपोषक रहा है।

दिल्ली जैसे महानगरों और न्यूयॉर्क, शिकागो जैसे आधुनिक शहरों से आकर भी कई छात्राएँ यहाँ प्रवेश लेती हैं। शुरू में अधिकांश को खासा दिक्कत होती है—उन्मुक्त संस्कृति में पले होने से यहाँ के बंधन बहुत अखरते हैं। शोल्डर-कट बेतरतीब लहराती जुल्फों को दस-बीस हेयरपिन के खूँटों में बाँधना पड़ता है। कइयों के लिए यह सांस्कृतिक सदमा यानी कल्चरल शॉक होता है। पर इस स्कूल के कड़क नियम किसी रसूखदार की बेटी के लिए भी कभी नहीं बदले। इस सख्त परिपाटी के बावजूद तमाम आकाओं के बच्चे इस विद्यालय में पढ़ने का ख़्वाब देखते हैं। बेटी के जनम लेते ही अभिभावक सूबे के सर्वश्रेष्ठ स्कूल का लेबल पाने के सपने सजाते और उन्हें साकार करने की जुगत भिड़ाते हैं।

इसी नामचीन स्कूल की आठवीं कक्षा की छात्रा थी वो···प्यारी सी सूरत पर

बॉयकट बाल, चंचल आँखें, पढ़ने में अव्वल। कक्षा की कॉपियाँ जाँचते हुए मैंने एक कॉपी खोली और पन्ने पर बिखरी मोती की लड़ियों से अक्षरों में मेरी निगाह उलझ गई। पलटकर देखा, कॉपी पर रीमा मैथ्यू के नाम का चिट चिपका था।

उस खुशनसीब से मेरी मुलाकात उसकी लिखावट ने कराई। क्लास में आकर उसकी कॉपी खोलकर मैंने उसका नाम पुकारा और शाबाशी देकर छात्राओं को करतलध्वनि करने का आदेश दिया। क्लास में तालियाँ तो गूँजीं, पर ज़्यादातर के चेहरे बुझे-बुझे लगे। मैंने महसूस किया कि तालियाँ दिल से नहीं, बस हाथों से ही बजी हैं।

नई क्लास को समझने में कुछ समय लगता है। मैंने धीरे-धीरे जाना कि मेधावी होने के बावजूद रीमा को क्लास पसंद नहीं करती। तह में जाने पर मालूम पड़ा कि लेखा शाही तो उससे बात तक नहीं करती। लेखा एक प्रभावशाली पूर्व मंत्री की पुत्री थी, जिनकी तीन वर्ष पहले राजनीतिक विरोधियों के हाथों हत्या हो गई थी। यह खबर कई दिन अखबार की सुर्खियों में छाई रही। राज्य में हड़कंप मचा और तनाव के इसी माहौल में युवा नेता की पत्नी को पार्टी ने राजनीति में उतार दिया। लेखा तब महज ग्यारह साल की थी। स्कूल में भी उसके लिए सहानुभूति की लहर दौड़ गई। नन्ही सी बच्ची पर पहाड़ टूट पड़ा था। पर माँ के राजनीति में स्थिर होते-होते परिवार में स्थायित्व आने लगा। वैसे लेखा इस अल्पायु में पिता को खोने की महान् क्षति को समझने लायक नहीं थी। पर सारे घटनाक्रम और उतार-चढ़ाव में उसे घर-बाहर से अतिरिक्त तवज्जो मिली, जिसका एक परिणाम यह हुआ कि वह कुछ ज़िद्दी और घमंडी हो गई। स्कूल में भी उसकी छोटी-मोटी गलतियों पर शिक्षिकाएँ करुणा बरतती रहतीं।

सातवीं कक्षा में किसी बात पर उसकी रीमा से कहा-सुनी हो गई। नन्ही सहेलियों ने अपनी कुव्वत भर बीच-बचाव किया, किंतु अब प्राय: रोज़ ही दोनों में किसी-न-किसी बात पर ठनने लगी। आखिर शिकायत वर्ग शिक्षिका तक पहुँची। वस्तुस्थिति को देखते हुए शिक्षिका ने दोनों को आपस में बात न करने की हिदायत दी और कक्षा के दो विपरीत कोनों में दोनों की सीट मुकर्रर कर दी। यह सिलसिला साल भर चला।

अब दोनों आठवीं कक्षा में आ गई हैं, फिर भी उनमें मनभेद की दीवार न चटकी, मुझे दरियाफ्त करने पर यह बात पता चली। कुछ अच्छा नहीं लगा। इस

प्यारी सी मासूम उम्र में बच्चों में यह दुराव और झगड़ा लंबा नहीं खिंचना चाहिए।

हर साल मुझे एक-न-एक ऐसा केस मिल ही जाता है जहाँ इन छात्राओं का किशोर मन ऊहापोह के किसी-न किसी मकड़जाल में उलझा होता है। ऐसे में मेरा अंतर्मन मुझे ठेलता है, अनजानी गिरहें खोलने को।

मैंने लेखा और रीमा को अलग-अलग समय पर अपने पास बुलाया। दोनों को टटोला और उनके मन की कोठरी में भरे वैमनस्य की थाह लेने की कोशिश की। जल्द ही जान लिया कि लेखा के मन में रीमा के लिए कटुता भरी है। रीमा के बारे में बताते हुए उसकी आँखें जल रही थीं, चेहरा लाल था।

"लेखा! क्या बात है जो तुम रीमा से इतनी नाराज हो?"

"मिस, उसका और मेरा पिछले साल झगड़ा हुआ था, मेरी फ्रेंड ने बताया कि उसने मेरे बारे में··यह कहा··वो कहा···"

उसकी शिकायतों से मैं ऐसे ही बेअसर थी, जैसे तितली के पंखों के बोझ से फूल बेअसर रहते हैं। उसकी शिकायतें इतनी नन्ही-मुन्नी, खट्टी-मीठी थीं कि मुझे मन-ही-मन हँसी आ रही थी—मिस, उसने मुझे बंदरिया कहा और छिपकली भी वगैरह-वगैरह।

"क्या तुमने उसे ऐसा कहते सुना?"

"नहीं, पर मेरी फ्रेंड ने सुना था।"

"कौन सी फ्रेंड?"

"मिस, वह अब स्कूल छोड़कर जयपुर चली गई है।"

"ओह लेखा! वह तो चली गई, पर तुम्हारा और रीमा का झगड़ा करवा गई, कैसे जानती हो उसने सच कहा था? देखो दोस्त बनते हैं, बिछड़ते हैं, फिर नए दोस्त बनते हैं। छोटी-छोटी बातों में अपनी ऊर्जा नष्ट करोगी तो पढ़ाई कैसे करोगी?" मैंने चौदह साल की लेखा को समझाते हुए कहा।

"···और फिर इस बात को साल भर हो गया, कब तक ढोओगी ऐसे बचकाना झगडे को··बेटा ग्रो अप, तुम अच्छी बच्ची हो न!"

वह चुप रही, मुझे लगा उसकी तल्खी कम हो रही है।

"लेखा, अब तो बात करोगी न रीमा से··मैं उसे बुलाती हूँ।"

"नो मिस, शी इज़ अ बैड गर्ल। मैं बात नहीं करूँगी।"

मैं हैरान, "ऐसा नहीं कहते लेखा, शी इज़ अ गुड गर्ल लाइक यू।"

"नो मिस, वो गंदी लड़की है। उसका बॉयफ्रेंड है।"

"बॉयफ्रेंड ?"

"यस।"

"पर बेटा, बॉयफ्रेंड होना गंदी बात नहीं। तुम्हें किसने कहा ?"

"मिस, सब कहते हैं।"

"अच्छा, जाओ क्लास में।"

मुझे समझ आ गया था कि क्यों सारी क्लास रीमा से उखड़ी रहती है। लेखा रोबदार छात्रा थी, चूँकि वह रीमा से पुराने मन-मुटाव के चलते बात नहीं करती सो उसके प्रभाव के कारण अधिकांश लड़कियाँ रीमा से नहीं घुलती-मिलती।

अगले दिन मैंने रीमा को अकेले में बुलाया और पूछा—

"रीमा! तुम लेखा से बात क्यों नहीं करती ?"

"मिस, वह मुझसे बात नहीं करती इसीलिए मैं भी…"

"पिछले साल तुम दोनों का कुछ झगड़ा हुआ था न, तुमने उसके बारे में कुछ अनुचित कहा, उसी से…"

"नहीं मिस, मैंने नहीं कहा था।" उसकी आवाज़ रुआँसी हो गई।

"रीमा मैं चाहती हूँ अब तुम दोनों में दोस्ती हो जाए, तुम दोस्ती करोगी न!"

"जी मिस" मासूमियत से उसने सिर हिलाया।

दोनों के मन को टोहने के बाद मैंने निश्चय किया कि एक तो इन बच्चियों के मन में चौड़ी होती खाई को मुझे पाटना है, कैसे भी करके…दूसरा रीमा जैसी प्रतिभाशाली छात्रा इस उम्र में बॉयफ्रेंड के चक्कर में पड़ गई तो उसका ध्यान पढ़ाई से भटक जाएगा। मैं इस संभावनाशील बच्ची को सही राह पर देखना चाहती थी।

जब कोई समस्या कक्षा में न सुलझे, तो कई बार स्कूल की चार-दीवारी से बाहर निकलना पड़ता है। मुझे भी रीमा के मन में झाँकना था। आखिर दूसरे सेक्शन की एक छात्रा जो रीमा की पड़ोसन थी, उसे मैंने बुलाया और बातों-बातों में रीमा के घर के माहौल का जायज़ा लेने की कोशिश की। मुझे पता चला कि रीमा के पिता मिस्टर मैथ्यू एक हॉस्टल चलाते हैं। उसने कुछ और भी बातें बताईं, जिसके बाद मुझे रीमा के घर जाकर उसके माता-पिता से मिलने की ज़रूरत महसूस हुई। यूँ बात करने के लिए मैं उन्हें अन्य शिक्षिकाओं की तरह विद्यालय में बुला सकती थी, पर दिमाग से मिल रहे संकेत मुझे उसके घर का भूगोल जानने को उकसा रहे थे।

क्रिसमस आनेवाली थी। स्कूल की लंबी छुट्टियों की घोषणा हो गई। अंतिम दिन सभी एक-दूसरे को एडवांस में 'हैप्पी क्रिसमस' कहते हैं। मैंने भी पीरियड खत्म होने पर "चिल्ड्रन, हैप्पी क्रिसमस" कहा।

क्लास में लगभग दस ईसाई छात्राएँ थीं। सबने खुशी से "थैंक्यू मिस कहा" पर रीमा दौड़कर मेरे पास आई और बोली—

"मिस, मेरे घर आइए क्रिसमस केक खाने। मेरी माँ बहुत अच्छा केक बनाती हैं।"

मैं मुसकराई, तभी छठी इंद्रीय सक्रिय हो गई और मेरी आँखें चमक उठीं। अंधा क्या चाहे दो आँखें···"मैं आऊँगी रीमा, ज़रूर आऊँगी।"

"ओह, थैंक्यू मिस!"

वह लपककर गई और एक कागज़ पर अपने घर का पता लिख लाई।

क्रिसमस के दिन रीमा का मुसकराता चेहरा मेरी आँखों के आगे नाचता रहा। उसके घर जाने का वादा कर आई थी, पर यह वादा जानबूझकर नहीं निभाना था। बेचारी कितनी मायूस होगी···पर क्या करूँ, मेरा मकसद तो आज जाने से पूरा नहीं होगा। त्योहार की गहमागहमी, मेहमानों और रिश्तेदारों का जमघट···मुझे अपना प्राप्य हासिल न हो सकेगा।

बहरहाल अगली सुबह ग्यारह बजे मैं रीमा के घर पहुँची। पिछली शाम से लेकर रात भर के उत्सवी माहौल के बाद उसका घर भी अलसाया मालूम दे रहा था, सजावट के बावजूद शांत और निश्चेष्ट। मैंने घंटी दबाई, कुछ पलों बाद सत्रह-अठारह बरस के एक किशोर ने दरवाज़ा खोला और मुझे अदब से भीतर ले गया। ड्राइंग रूम में उसी का हमउम्र लड़का सोया पड़ा था। मेरे आने की हलचल से वह उठ बैठा। फिर तुरंत ही दोनों लड़के बगलवाले कमरे में चले गए। मुझे कुछ अटपटा सा लगा।

तभी रीमा और उसके मम्मी-पापा ड्राइंग रूम में उपस्थित हुए। रीमा बेहद खुश थी—

"मिस, आप कल क्यों नहीं आईं?"

"मैडम, कल सारे दिन यह आपका इंतज़ार करती रही···शाम को उदास हो गई थी।" उसकी माँ ने कहा।

"देखो बेटा, आज मैं आ गई न! कल कुछ ज़रूरी काम आन पड़ा था, इसी से न आ पाई।"

"मैडम को केक खिलाओ।" मिस्टर मैथ्यू ने पत्नी को इशारा किया।

मैं लगभग चालीस मिनट की मुलाकात में रीमा के घर का भूगोल भी जान गई और गणित भी जिसका सारांश यह था कि रीमा के मध्यमवर्गीय परिवार में पिता मिस्टर मैथ्यू किसी प्राइवेट कंपनी में कार्यरत थे, पर दो साल पहले वह कंपनी बंद हो गई, साल भर आर्थिक तंगी में गुज़रे, फिर उन्होंने एक हॉस्टल खोल लिया अपने ही घर के आधे हिस्से में। एक बड़े कमरे में पाँच बिस्तर लगाकर डोमेट्री का रूप दे दिया। ड्राइंग रूम के दीवान का भी ज़रूरत के अनुसार इस्तेमाल होने लगा। कुल मिलाकर टू-बी-एच-के के इस फ्लैट में दस लोग रिहायश कर रहे हैं। छह-सात लड़के और तीन परिवारजन। सभी लड़के दसवीं से बारहवीं तक के छात्र हैं। रीमा की माँ एक सेविका की मदद से किचन सँभालती हैं और बाकी काम मिस्टर मैथ्यू देखते हैं।

स्वाभाविक है इन तंग दीवारों में ये सभी लड़के रीमा और उसके माता-पिता के साथ अनौपचारिक ढंग से घुल-मिलकर रह रहे हैं, एक ही डाइनिंग टेबल पर सब खाना खाते हैं। रीमा को पढ़ाई में मदद चाहिए तो इन लड़कों से उपलब्ध हो जाती है।

ये सारी बातें मुझे रीमा के माता-पिता ने खुद बताईं। इस बयानी में उनके चेहरे पर संतोष के भाव थे। उस आर्थिक तंगी से निकलकर ठीक-ठाक ज़िंदगी गुजारने का आह्लाद स्वर में झलक रहा था।

मैंने उनसे विदा ली और लौट आई। रात में नींद की जगह रीमा का घर आँखों में घूम गया। चौदह साल की रीमा...सत्रह-अठारह साल के लड़के...साथ-साथ उठना-बैठना, हँसना-बोलना, पढ़ना, चुहल...। सादगी से भरे मिसेज़ और मिस्टर मैथ्यू...मेहनती दंपति...संघर्ष के बाद उनकी मुसकराती आकृतियाँ...। मैंने आँखें मूँद लीं, परंतु विचारों के बवंडर फिर से उठने लगे—

हूँ, ठीक ही लगता है...रीमा की फिसलन भरी उम्र और ये माहौल...नहीं-नहीं, कोई ज़रूरी नहीं, शायद रीमा के बारे में यह अफवाह हो...लेखा ने चिढ़ के चलते उसके बारे में यह खबर फैलाई हो...!

अरे भाई, बॉयफ्रेंड नहीं है तो बन भी तो सकता है...उम्र की भूख और भरी हुई थाली...मन ललचा जाए तो जीभ का क्या दोष...।

बाकी सब ठीक है, बच्चे सयाने हो जाएँ...एक उम्र पर प्यार-मोहब्बत बुरी

बात नहीं, पर जब तक समझ समझदार न हो, तब तक संयम और अनुशासन बेहद ज़रूरी है, वरना प्रेम तो ईश्वर का प्रसाद है।

अगले दिन स्कूल गई। रीमा को बुलाकर सीधे-सीधे, "उसका बॉयफ्रेंड है या नहीं" पूछने के पूर्व में आए विचार को मैंने यूँ झटक दिया, जैसे अलगनी पर के सूखे कपड़ों पर सटी पक्षी की बीट को झाड़ दिया जाता है।

दो दिन बाद मैंने उसके माता-पिता को स्कूल बुलाया और बेहद आत्मीयता और कोमलता से विमर्श किया। रीमा जैसी प्रतिभाशाली बच्ची की छात्राओं के बीच बनती छवि के प्रति चिंता जताई और इसे हलके में न लेने का अनुरोध किया। रीमा के माता-पिता इस बात से बिल्कुल अनभिज्ञ थे। पर दुविधा में थे कि कैसे अपनी प्यारी बेटी के बारे में उसकी सहपाठिनों का मन साफ़ करें। मैंने उन्हें छात्राओं की मानसिकता बदलने का उपाय सुझाया ताकि रीमा को सबका प्यार और सम्मान मिले—

"मिस्टर मैथ्यू! अब आपकी माली हालत बेहतर है। अपनी इकलौती संतान के हित में आप तुरंत हॉस्टल को घर से बाहर ले जाएँ, तभी रीमा एकाग्रता से पढ़ाई कर पाएगी और उसकी छवि साफ़ होगी।"

मिस्टर मैथ्यू ने गंभीरता से सुना-समझा और धन्यवाद देकर चले गए। वे विवेकशील अभिभावक थे। कई माता-पिता अपने बच्चों के अनन्य प्रेम में स्कूल की शिकायतों, हिदायतों या सुझावों को अन्यथा ले लेते हैं। अपने लाडलों की बेजा वकालत करने लगते हैं। पर यहाँ परिणाम सुखद निकला। अगले महीने ही मिस्टर मैथ्यू ने कहीं और हॉस्टल शिफ्ट कर लिया। सूचना मिलने पर मैंने चैन की साँस ली।

लगा एक चंचल हिरनी शिकारी के संभाव्य जाल में फँसने से बच गई या एक नन्हा शावक आखेटक द्वारा निर्मित ऐसे गड्ढे में गिरकर कैद होने से बच गया, जिस पर घास-फूस बिछाकर सुरक्षा का छद्म आभास दिया जाता है।

पर अभी मेरा काम अधूरा था। मुझे अफवाहों की आँधी में गर्द हुई रीमा की प्रतिष्ठा को धो-पोंछकर फिर से स्थापित करना था। भले ही रीमा की क्लास की छात्राएँ छोटी उम्र की थीं, पर रीमा के लिए वही उसका समाज था। किशोर उम्र की कच्ची मिट्टी में बनी रीमा की बिगड़ी छवि कहीं अमिट न रह जाए, यह फ़िक्र मुझे खाए जा रही थी। बॉयफ्रेंड के लेबल को चारित्रिक अवमूल्यन का मापदंड मानकर

रीमा से बिदकनेवाली क्लास के समक्ष मैं माकूल जमीन तैयार करने में जुट गई, ताकि रीमा को सबका प्यार और सम्मान मिले।

क्रिसमस की लंबी छुट्टी के बाद नए साल में स्कूल खुलने पर अमूमन कुछ नया करने का जोश होता है। हालाँकि नए साल का पहला महीना समाप्ति पर था, पर मैंने एक योजना के तहत मॉरल-साइंस की क्लास में एक मज़ेदार प्रस्ताव बच्चों के सम्मुख रखा, जिसमें सबको नए साल का एक-एक रेजोल्यूशन (संकल्प) गुप्त रूप से लिखकर मुझे देना था। सबसे ज़्यादा छात्राओं ने जो संकल्प लिखा होगा, उसे हम पूरा करेंगे। प्रक्रिया शुरू हुई, पाँच मिनट में मेरे पास लिखकर मोड़ी हुई छप्पन पर्चियाँ पहुँच गईं। मैंने सारी पर्चियाँ समेटीं और मोस्ट कॉमन संकल्प का खुलासा कल करने की घोषणा की।

अगले दिन क्लास में गई तो छात्राओं में उत्सुकता ठाठें मार रही थीं, सबकी आँखें मेरी ओर। मैंने चॉक उठाई और बोर्ड पर लिखा, 'नई दोस्ती'। सब एक-दूसरे का मुँह ताकने लगीं। क्यों न ताकतीं, किसी ने अपनी पर्ची में लिखा होता तब न। मैंने उनकी पर्चियों में अपनी पर्ची का घालमेल करने की बेईमानी जो की थी। पर छात्राएँ कुछ कहतीं, उसके पहले ही मैंने अपने गेम के दूसरे चरण का खुलासा किया कि जल्दी-जल्दी अपने नाम की पर्ची बनाकर मेरे पास लाओ। सब बारी-बारी से मेरी पास आकर पर्ची मेज़ पर रखने लगीं। बड़ी सावधानी से मैंने रीमा और लेखा की पर्चियाँ टेबल की दराज में छिपा लीं, क्योंकि उन दोनों के नाम की मेरे द्वारा लिखी पर्चियाँ पहले से ही मेरी मुठ्ठी में बंद थीं।

सारी छात्राएँ इस खेल का क्लाइमेक्स जानने को उत्कंठित थीं। मैंने घोषणा की कि मैं दो-दो चिट उठाऊँगी, जिन छात्राओं के नाम निकलेंगे, उन्हें एक महीने के लिए साथ-साथ बैठना है।

"नो मिस, नो मिस...यस मिस, यस मिस" का समवेत स्वर उठा। बेशक इसमें "यस मिस" का घोष ऊँचा था।

मैं पहली पर्ची खोलकर जिसका नाम पढ़ती, वो खड़ी हो जाती, हर नाम के साथ दूसरी पर्ची पर लिखे उसके जोड़ीदार का नाम जानने की जिज्ञासा चरम पर पहुँचती और दूसरे नाम के साथ शोरगुल, हँसी, खिलखिलाहटों और चुहल का बिगुल बज उठता। लग रहा था जैसे कोई लॉटरी खुल रही हो। नाम पुकारने के क्रम में मैं कनखियों से लेखा और रीमा के चेहरे देखती रही। दोनों अपने नाम सुनने को

उतावली थीं। पर उनका नाम नहीं आ रहा था, अब कुछ ही पर्चियाँ बची थीं। मैंने मुस्तैदी से बाईं मुठ्ठी में दबी दोनों चिट मेज़ पर से उठाने का अभिनय किया और पहला नाम पुकारा—

"लेखा!···" अपनी प्रिय सहेली का नाम सुनकर क्लास से हर्ष की लहर उठी।

"···ऐंड योर पार्टनर···रीमा" मेरी अप्रत्याशित घोषणा से उन दोनों के साथ पूरी क्लास को एकबारगी साँप सूँघ गया, पर अगले ही पल दीवारें तालियों की गूँज से थरथरा गईं। इस पूरी प्रक्रिया में छात्राएँ रोमांच के उन्माद की अवस्था में थीं, वे सिर्फ और सिर्फ चटपटी चाट जैसे इस खेल का मजा लेना चाहती थीं।

रीमा और लेखा अपनी-अपनी जगह खड़ी थीं। लेखा के माथे पर शिकन थी, रीमा के मुख पर संकोच। दोनों आश्चर्य, अनिच्छा, असमंजस और रोमांच के मिश्रित भावों से भरी थीं। दोनों के खड़ा होते ही एक बार पुनः शोर का रेला उठा और रीमा के साथ लेखा को भी हँसी आ गई। क्लास में कुछ और भी बेमेल जोड़ियाँ बनी थीं पर कोई खेल के नियम का विरोध न कर सका। अनमने भाव से ही सही, आखिर नए साल का संकल्प तो निभाना ही था।

मेरे लिए अत्यंत मनोरम दृश्य था, जब रीमा और लेखा एक ही डेस्क पर अगल-बगल बैठीं। लेखा मुँह लटकाकर बैठी थी और बीच-बीच में आती मुसकान को छिपाने की कोशिश कर रही थी। पर रीमा के चेहरे पर सहज मुसकान का बसेरा था।

इसके आगे जो हुआ उसमें दो दिलचस्प बातें बताना बेहद ज़रूरी है। पहली कि पंद्रह दिन बीतते-बीतते बोर्ड पर छात्राओं की टॉकेटिव (बातूनी) लिस्ट में सबसे ऊपर लेखा और रीमा का नाम आने लगा, जिसे पढ़कर नाराज होने की बजाय मैं मन-ही-मन पुलकित होती थी। क्योंकि बाँध टूटा है, बाढ़ तो आएगी ही। ऐसी बाढ़, जो भूमि पर बनी हर खाई का पाट देती है···ऐसी बाढ़, जिसके बाद मिट्टी उर्वर हो जाती है। यहाँ भी सौहार्द की फसल लहलहाएगी—विचारमात्र से मैं भीग उठी।

दूसरी बात मुझे गर्वित करती है क्योंकि यही रीमा चार साल बाद स्कूल की हेड गर्ल बनी।

□

उतरन

कुछ दिनों से अकसर देख रही हूँ प्रार्थना सभा से क्लास में लौटती छात्राओं की पंक्ति में से निकालकर उसे बाहर कर दिया जाता है। ड्यूटी पर तैनात सीनियर छात्राएँ सबकी यूनिफॉर्म चेक करती हैं। एक ही बात के लिए पिछले पंद्रह दिन में कई बार उसे टोका गया है, पर ढाक के तीन पात। उस पर कोई असर नहीं। अंत में क्लास टीचर यानी मेरे पास शिकायत आई।

"मिस! आपकी क्लास की शुभा की स्पोर्ट्स स्कर्ट बहुत छोटी है। बार-बार कहने पर भी वह सुनती नहीं।"

"ओह! ठीक है, मैं उससे बात करूँगी।"

महानगरों के हाई-फाई स्कूलों के बच्चों को देखो तो वे खासा स्मार्ट दिखाई देते हैं या मानो तो फैशनेबुल। बिल्कुल फिल्मी स्कूलों के किशोरों की तरह। लड़कियों की ऊँची स्कर्ट और एंकल साइज मोज़े के बीच वैक्स की हुई चिकनी चमकदार पिंडलियाँ, बालों की ऊँची पोनीटेल, माथे पर थ्रेडिंग की बदौलत करीने से बनी कामकमान भवें, जिनके पास बड़ी एहतियात से गिराई गईं गालों को छूती बेपरवाह लटें, कलाई पर बैंड और कंधे पर एक ओर लटकाया गया बैग पैक। लड़कों की भी ढीली लो वेस्ट पैंट, जिसमें आधी भीतर आधी बाहर खोंसी गई बेपरवाह हैंकी-पैंकी लुक देती शॉर्ट शर्ट। झुकने पर पीछे से पैंट के भीतर से महँगे ब्रांडेड अंडरवीयर का बॉर्डर दिख गया तो फिर टशन-ही-टशन।

ऐसे स्कूलों की लड़कियाँ हमारे शहर में माता-पिता का तबादला हो जाने पर सबसे बढ़िया स्कूल होने के नाते अकसर हमारे ही स्कूल में एडमिशन लेती थीं। पर बाद में दो-तीन महीने तक वे सांस्कृतिक सदमे की शिकार बनी रहतीं। हमारे विद्यालय में नो फैशन, नो ज्वेलरी, नो मेहंदी, नो खुले बाल, नो फैंसी घड़ी, नो काजल, नो थ्रेडिंग-वैक्सिंग, नो हेयर कलरिंग, नो मोबाइल, नो मैगजीन, नो पेन

ड्राइव एटसेट्रा-एटसेट्रा। न सिर्फ स्टूडेंट्स, अपितु टीचर्स के लिए भी सिर्फ साड़ी, नो सलवार-कमीज, नो स्लीवलेस, नो खुले बाल, शिक्षकों के लिए नो जीन्स, नो टी-शर्ट, नो फ्लोटर्स वगैरह-वगैरह।

लड़कियों की स्कर्ट घुटने से दो इंच से ज़्यादा ऊँची न हों और मोज़े घुटने से दो इंच से ज़्यादा नीचे न हों। ग्यारहवीं-बारहवीं की छात्राओं की यूनिफॉर्म में सलवार कमीज शामिल थी। यहाँ भी कमीज की नेकलाइन, स्लिट और सलवार के पायन्चे की क्रमशः गहराई, ऊँचाई और चौड़ाई भी तयशुदा सीमारेखा से ज़्यादा न होती। सभी स्टूडेंट्स को स्कूल के नाम वाले एक ही रंग-रूप के बस्ते लाना अनिवार्य था। कुल मिलाकर आज के इस युग के प्रगतिशील कॉन्वेंट स्कूल का अधिकांश तंत्र किसी आश्रम या गुरुकुल की सादगी से मेल खाता था।

बहरहाल मुझे शुभा के नाम पर आई शिकायत का जायज़ा लेना था और उसका निपटारा करना था। सो क्लास के बाद शुभा को स्टाफ रूम के बाहर बुलाया। शुभा को पता था कि सीनियर छात्राओं की शिकायत मुझ तक आ पहुँची है। वह सहमी हुई मेरे पास आई।

कुछ कहने से पहले मैंने कनखियों से उसके स्कर्ट की लंबाई मापने की कोशिश की। सचमुच, स्कर्ट उसके घुटनों से पाँच इंच ऊँची रही होगी।

"व्हाट इज़ द प्रॉब्लम शुभा? तुम्हें अपने सीनियर्स की बात समझ नहीं आती, रोज़ सज़ा खाने में मजा आता है?"

"सॉरी मिस, वीकेंड में नया स्कर्ट खरीद लूँगी।" कहकर उसने नजरें झुका लीं।

"ओके, बट दिस इज़ द लास्ट वार्निंग," कहकर मैंने उसे भेज दिया।

स्कूल का नियम था कि हर बुधवार को छात्राओं को स्पोर्ट्स यूनिफॉर्म पहननी है। स्कूल चार हाउस में बँटा है—रेड, ग्रीन, येलो और ब्लू। स्पोर्ट्स यूनिफॉर्म में सफेद स्कर्ट-ब्लाउज में अपने-अपने हाउस के रंग की पट्टी जुड़ी रहती है। अन्य दिन सारी छात्राएँ लाल स्कर्ट सफेद कमीज पहनतीं। जिससे प्रार्थना सभा में स्कूल का दृश्य एक फुलवारी सा दिखाई देता। पर बुधवार को हर क्लास हाउसवार चार-चार पंक्तियों में खड़ी होतीं और उस दिन का नज़ारा भी कुछ अलग और अनूठा होता।

ज़्यादातर की स्पोर्ट्स ड्रेस हफ्ते में एक बार पहनी जाने से कम घिसती,

फलतः ज़्यादा साफ़, नई और चमकदार दिखती। पर एक दिक्कत थी कि बढ़ती उम्र की ज़्यादातर किशोरियाँ ताड़ के पेड़ सी लंबी हो जातीं और नई-की-नई स्कर्ट छोटी हो जाती। कुछ ऐसा ही शुभा के साथ हुआ था।

हमारे ज़माने में अधिकतर संयुक्त परिवारों में तीन-चार बहनें होने से एक दूजे की उतरन पहनने का रिवाज था। पर अब न तो संयुक्त परिवार न एक दो से ज़्यादा बहनें। बहरहाल शुभा के पास चेतावनी मिलने के बाद एक सप्ताह का समय था। संयोग से इस बीच उसकी माँ शुभा की पढ़ाई का हाल पूछने मेरे पास आईं। उन्हें प्राइमरी में पढ़नेवाली छोटी बेटी की टीचर ने बुलाया था। सो लगे हाथ सीनियर सेक्शन में आ गईं। मैंने बातों-ही-बातों में उसकी स्कर्ट की बाबत जिक्र छेड़ा और आग्रह किया कि उसकी नई स्कर्ट खरीद दें।

"मिस, अगले महीने सैलरी मिलने पर खरीद दूँगी···सिंगल पेरेंट हूँ न!" सकुचाते हुए वे बोलीं।

"ओह, ठीक है।" मुझे उनकी माली हालत जानकर झटका सा लगा। कभी शुभा ने बताया नहीं।

अगला बुधवार आने से पहले ही मैंने सीनियर ड्यूटी गर्ल्स को बुलाकर हिदायत दी कि इस बार शुभा को न टोका जाए। मेरा मन बेचैन हो गया कि अगली बार टोके जाने से पहले कैसे इस बच्ची के लिए स्कर्ट का इंतजाम करूँ।

यहाँ बता दूँ कि स्पोर्ट्स यूनिफॉर्म केवल दसवीं तक की छात्राओं को पहनना अनिवार्य था, क्योंकि ग्यारहवीं और बारहवीं की लड़कियाँ सलवार-कमीज ही पहनती थीं। मैं रेड हाउस की मॉडरेटर थी और शुभा भी मेरे ही हाउस में थी। मेरे मन में एक उम्मीद जगी। एक दिन अपने हाउस की ग्यारहवीं कक्षा की बेहद जहीन श्रद्धा जायसवाल को बुलाया और पूछा—

"श्रद्धा! तुम्हारी स्पोर्ट्स यूनिफॉर्म है?"

"जी मिस।"

"उसकी कंडीशन कैसी है?"

"मिस, बिल्कुल नई है··· दसवीं क्लास के सेकंड टर्म में खरीदी थी इसलिए···"

"बेटा, तुम्हें तो अब उसकी ज़रूरत नहीं, पर एक बच्ची को है, क्या तुम डोनेट करना चाहोगी?"

"श्योर मिस!" पुलक के साथ उसने हामी भरी।

"नहीं, पहले मम्मी से पूछकर मुझे कल बताओ।"

अगले दिन एक कड़क पैकेट में इस्त्री की हुई रेड हाउस की नई सी दिखनेवाली स्पोर्ट्स यूनिफॉर्म लिये श्रद्धा मेरे पास आई।

"मिस, मम्मी ने यह भिजवाई है।"

"गॉड ब्लेस यू श्रद्धा! मम्मी को थैंक्स कहना।" मैं उसके त्वरित निर्णय से रोमांचित हो गई।

लगा तुरंत जाकर शुभा को दूँ। उस झक सफेद स्कर्ट में शुभा की आत्मविश्वास से भरी मुसकराती छवि मेरी कल्पना में उभर आई। अब उसे छोटे स्कर्ट में सीनियर ड्यूटी गर्ल्स की चुभती निगाहों से बचना नहीं पड़ेगा। पर एक बात थी, शुभा को यूनिफॉर्म देने से पहले मुझे उसकी माँ से अनुमति लेनी चाहिए। मैंने पैकेट ले जाकर अपने लॉकर में रख दिया।

अगले सप्ताह पी.टी.ए. मीटिंग थी। मुझे बेसब्री से शुभा की माँ का इंतज़ार था। वे आईं, मैंने पढ़ाई-लिखाई की बात करने के बाद बड़ी आत्मीयता से उन्हें पूछा कि क्या मैं शुभा की यूनिफॉर्म के लिए उनकी मदद कर सकती हूँ और मैंने उसके लिए जो प्रबंध किया था, कह सुनाया। सब कहते हुए मैं बेहद सतर्क थी कि किसी तरह उनके स्वाभिमान को ठेस न पहुँचे।

"मिस, थैंक्यू सो मच!" उनकी आवाज़ भर्रा गई और आँखों की कोर भीग गई।

उनकी बात से मुझे गहरा संतोष हुआ। मेरी हथेलियों ने हौले से उनके दोनों हाथ थाम लिये। बिना कुछ कहे सुने हमने एक-दूसरे को दिलासा की डोर थमाई।

अगले दिन मैंने शुभा को बुलाया और छुट्टी के समय घर जाने से पहले स्टाफ रूम के बाहर मिलने को कहा। घंटी बजने के बाद वह आई। मैंने बड़े प्यार से यूनिफॉर्म का पैकेट दिया—

"शुभा, लो तुम्हारी समस्या हल हो गई।"

"…" उसकी आँखों में कौतूहल था।

"तुम्हारे लिए स्पोर्ट्स यूनिफॉर्म…तुम्हारी श्रद्धा दीदी ने दी है, कल उसे थैंक्स कहना…"

"मिस, मैं नहीं लूँगी…" उसने पेकेट को हिकारत से ऐसे नकार दिया, जैसे कोई निषिद्ध वस्तु हो।

"ले लो बेटा···जानती हो न, श्रद्धा कितनी अच्छी लड़की है···कितनी मेधावी है, उसकी इंटेलिजेंट वायब्रेशंस मिलेंगी तुम्हे···फिर माँ की भी मदद हो जाएगी।" मैंने हँसते हुए कहा।

"नो मिस, मैं खरीद लूँगी।" उसके निर्णायक स्वर के आगे मैं मौन हो गई।

लंबे कॉरिडोर में अंतिम छोर तक ठगी सी पीछे से उसे जाते देखती रही। मेरे लिए उसकी प्रतिक्रिया बिल्कुल अप्रत्याशित थी। अगले दिन शुभा स्कूल नहीं आई। मेरा मन उद्विग्न रहा। कल बुधवार है, शुभा नई यूनिफॉर्म का प्रबंध कैसे करेगी, मुझे चिंता थी। मेरी फ़िक्र बढ़ गई, जब बुधवार को उपस्थिति दर्ज करते हुए शुभा का नाम पुकारने पर किसी ने कहा—एब्सेंट।

"आज भी एब्सेंट?" रजिस्टर से सिर उठाकर अनायास मैंने पूछा। पर कोई जवाब नहीं मिला।

क्लास खत्म करके निकली तो वीथि मेरे पीछे-पीछे गैलरी में निकल आई।

"मिस, आपसे कुछ शेयर करना है।"

"बोलो!"

"मिस, शुभा मेरे पड़ोस में रहती है। परसों उसका अपनी मम्मी से कुछ झगड़ा हुआ था। बहुत बहस हुई, आंटी ने उसे थप्पड़ भी मारा···वो बहुत रोई···"

"क्यों, क्या वजह थी झगड़े की?"

"मिस, वजह तो नहीं पता, पर वो डिप्रेशन में थी। मुझसे बोली कि मैं स्कूल नहीं जाऊँगी।"

मैं खामोश रही। शुभा के घर की अप्रिय घटना का कारण मुझे समझ आ रहा था। एक अपराधबोध ने मुझे जकड़ लिया। उफ, रक्षा में हत्या हो गई। आजकल के बच्चे कितने संवेदनशील हैं, मैं समझ नहीं पाई। हमारा जमाना लद गया, जब बच्चे खुशी-खुशी अपने सहोदर या मौसेरे-फुफेरे भाई-बहन की उतरन पहन लेते थे। धनी परिवार के बच्चे भी पुरानी सेकंड हैंड किताबें सीनियर छात्रों से आधे दाम पर खरीद लेते थे। न कोई झिझक न कोई कुंठा। पर आजकल छोटी-छोटी बात से बच्चों के आत्मविश्वास का महल भड़भड़ाकर यूँ गिर जाता है, जैसे कोई रेत का घरौंदा हो।

रात भर शुभा के यूनिफॉर्म प्रकरण ने सोने नहीं दिया।

अगले दिन श्रद्धा को बुलाकर मैंने उसे पैकेट लौटा दिया और अफ़सोस

जताया कि उसकी मदद को शुभा स्वीकार न पाई।

"मिस क्या मैं उसे नया स्कर्ट खरीदकर दे दूँ?" श्रद्धा की मासूम सहृदयता ने मेरा दिल जीत लिया।

"खुश रहो श्रद्धा, तुम्हारी सुंदर भावना के लिए बहुत धन्यवाद! पर शुभा को अच्छा नहीं लगेगा।"

अपने टीचिंग कॅरियर की इक्की-दुक्की असफलताओं में शुभा की घटना शुमार है। बहुत तरह से जुगत भिड़ाने पर भी स्कर्ट का इंतजाम करने में उसकी माँ की मदद न कर पाई, क्योंकि अब तो मेरी मंशा जान लेने के बाद शुभा के और भी सतर्क हो जाने की आशंका थी। कुछ दिनों तक मन उस प्रकरण में उलझा रहा फिर क्या हुआ ध्यान नहीं दिया। आज याद भी नहीं कि शुभा के स्कर्ट का इंतजाम कब और कैसे हुआ था।

पर इस घटना से आज की पीढ़ी की संवेदनशीलता की थाह ले पाई।

□

विजेत्री

स्कूल में नौकरी का वह पहला साल था। मुझे कक्षा आठवीं 'ए' की क्लास टीचर बनाया गया। शानदार स्कूल, लंबे गलियारे, बड़े-बड़े कमरे, साफ़-सुथरा परिसर, सीढ़ियाँ, बाग़ान, खेल का मैदान, झूले और झक सफेद रंग से पुती स्कूल के बीचोबीच स्थापित मरियम की आदमकद प्रस्तर प्रतिमा। जिसकी निर्जीव आँखों से टपकती करुणा बेहद जीवंत लगती। कुल मिलाकर पुलक का संचार करते एकाधिक तत्त्व।

माहौल की ताजगी मन की ऊर्जा को बढ़ा देती है। यूँ भी मैं उम्र की ऊर्जा से लबरेज थी। क्लास में जाती तो लगता पचास जोड़ी आँखों को अपने शिक्षण के तिलिस्म में ऐसे लपेट लूँ कि पल भर को भी उनका ध्यान न बँटे। बीस बरस बाद जाना कि चंचल उम्र की इन किशोरियों को यूँ भी खुशदिल युवा शिक्षिकाएँ ज़्यादा भाती हैं, बनिस्बत अधेड़ खूसट चिड़चिड़ी टीचर्स के। मैं भी जोशोखरोश से पढ़ाने को तत्पर, एक बात को चार तरह से समझाती, कोई दस सवाल पूछे तो भी चेहरे पर शिकन नहीं। एक-एक कविता को डूबकर पढ़ाती, जीवन के व्यावहारिक उदाहरणों से जोड़कर अपनी टीचिंग को दिलचस्प बनाती...फिर सबसे ऊपर 'पिंच ऑफ ह्यूमर' का छिड़काव। जल्द ही बच्चों ने मुझे स्वीकार लिया। मुझे भी उनसे जुड़ने में आसानी हुई। क्लास टीचर होने के नाते मुझे उनकी पढ़ाई से इतर ज़िम्मेदारी भी उठानी थी। मसलन उनकी यूनिफॉर्म, उनके व्यवहार, अनुशासन, चरित्र और शारीरिक भाषा संबंधी समुचित विकास पर ध्यान देना।

एक दिन पहला कालांश पढ़ाकर निकली, दूसरा पीरियड फ्री था और तीसरा नवीं कक्षा में। मैंने नवीं की छात्राओं को पढ़ाना शुरू ही किया था कि एक छात्रा दौड़ी-दौड़ी आई—

"मिस, आपकी क्लास की मीनाक्षी की तबीयत खराब हो गई है, आपको बुलाया गया है।"

अमूमन किसी छात्रा को सरदर्द, पेटदर्द या उल्टी, बुखार होने पर क्लास में पढ़ा रही टीचर उसकी देखभाल करती थी, मसलन किसी छात्रा को भेजकर उसके लिए स्कूल के मेडिकल बॉक्स से दवा मँगाने खिलाने का काम हो या घबराई रुआँसी बच्ची को हौसला देने की ज़रूरत हो, पर जब बीमारी गंभीर हो या स्थिति सामान्य से अधिक संगीन हो तो क्लास टीचर को बुलाया जाता था, क्योंकि क्लास टीचर के पास अपनी क्लास के बच्चों की मेडिकल हिस्ट्री रहती थी। जैसे किसी को साइनस की तकलीफ है या माइग्रेन की, स्पांडिलाइट्स या एपिलेप्सी की, किसी की हाल में कोई सर्जरी हुई है या पोस्ट सर्जरी कोई समस्या चल रही है—वगैरह-वगैरह।

मैंने कक्षा को आकस्मिक लिखित कार्य दिया और मॉनीटर के हवाले छोड़कर अपनी कक्षा का रुख किया। जाकर देखती हूँ क्लास में हिस्ट्री मिस मौजूद थीं, हैरान-परेशान...एक तरफ मीनाक्षी अपनी कुरसी पर लटकी हुई थी। उसके आसपास चार छात्राएँ खड़ी थीं। कोई उसके तलवे सहला रही थी, कोई हथेलियाँ। एक उसे पानी पिलाने की नाकाम कोशिश में जुटी थी।

मैं मीनाक्षी की ओर लपकी। उसकी आँखें बंद थीं, वह रोए जा रही थी।

"मीनाक्षी, क्या हुआ? आँखें खोलो।"

मेरी आवाज़ सुनकर उसके रोने की तीव्रता बढ़ गई।

"मीनाक्षी, क्या तकलीफ है?"

"मिस, साँस नहीं आ रही, घुटन हो रही है," उसकी घुटी-घुटी आवाज़ ने हमारी घबराहट बढ़ा दी।

"बेटा, लंबी साँस खींचो..." कहकर मैंने उसकी गरदन के नीचे सीने पर हथेली से हलकी मालिश की। उसने कसकर मेरा हाथ पकड़ लिया और जोर-जोर से साँस लेने की कोशिश करने लगी।

मुझे लगा मामला गंभीर है, स्कूल की डॉक्टर को बुलाना पड़ेगा। स्कूल परिसर में इन बच्चों की बीमारी को लेकर हम कोई जोखिम नहीं उठा सकते। सोचकर मैंने प्रिंसिपल के पास जाने की ठानी और दूसरी शिक्षिका से कहा कि मैं आती हूँ, तब तक मीनाक्षी का खयाल रखे।

सुनते ही मेरे हाथ पर मीनाक्षी की पकड़ सख्त हो गई।

"मिस, आप मत जाइए···मुझे छोड़कर मत जाइए। प्लीज" वह फिर रोने लगी।

"अच्छा, अच्छा, मैं जाती हूँ। तुम्हारी मिस यहीं रहेंगी।" कहकर मेरी सहकर्मी नीचे चली गईं। थोड़ी देर में डॉ आईं और उसका ऊपरी मुआयना किया। उसका ब्लड प्रेशर, धड़कन आदि का माप सही निकला। शायद गरमी के चलते ऐसा हुआ हो, डॉक्टर का अनुमान था। उसे ग्लूकोज पिलाया गया। अब वह बेहतर महसूस कर रही थी। पूरा पीरियड मीनाक्षी की सँभाल में चला गया। पर सबने चैन की साँस ली। डॉक्टर मुसकराती हुई उसे "टेक केयर" कहकर चली गईं। घंटी बज गई थी। मैं भी क्लास से निकल गई।

तीन-चार दिन बीते होंगे कि फिर एक दिन मीनाक्षी की तबीयत बिगड़ी। उसी तरह मुझे दसवीं क्लास को पढ़ाते-पढ़ाते बीच में छोड़कर जाना पड़ा। वही साँस की तकलीफ, घुटी-घुटी आवाज़ में उसका रोना, मेरा हाथ पकड़कर लंबी साँस खींचना। उस दिन व्हीलचेयर मँगाकर उसे नीचे ले जाया गया। फिर से डॉक्टर आईं, वह सिकरूम में लेटी थी। फिर से उसकी जाँच की गई। कोई समस्या नहीं पाई गई। इस बीच प्रिंसिपल के आदेश पर उसके घर फ़ोन कर उसके माता-पिता को बुला लिया गया था। उनके आने पर प्रिंसिपल ने उसकी सघन जाँच का सुझाव दिया और कहा कि स्कूल में रिपोर्ट दें। उसके अभिभावक भी चिंतित हो उठे थे, क्योंकि अतीत में उसे कभी ऐसी कोई तकलीफ नहीं हुई थी। बहरहाल उन्होंने बेटी की शहर के अच्छे चिकित्सक से जाँच कराई। आश्चर्य की बात कि वहाँ भी जाँच में बीमारी का कोई कारण नहीं निकला। सारी रिपोर्ट लेकर वे स्कूल आए और प्रिंसिपल से विमर्श किया। स्कूल भी आश्वस्त हो गया।

एक-दो दिन की अनुपस्थिति के बाद मीनाक्षी स्कूल आई और सब सामान्य चलने लगा। लगभग दस दिन बाद पुनः अचानक मीनाक्षी की तबीयत बिगड़ी। संयोग से मैं उसी कक्षा में पढ़ा रही थी। इस बार मैं थोड़ी परेशान हो गई, सोचा क्या झमेला है, अब फिर क्लास बाधित होगी। पर मीनाक्षी को नजरंदाज भी नहीं कर सकती थी। इस बार वह पेटदर्द की भी शिकायत कर रही थी। मैंने दूसरी मंज़िल पर स्थित अपनी कक्षा से एक छात्रा को नीचे रिसेप्शन से पुदीन हरा की गोली या डाइजीन की टिकिया लाने भेजा। तब तक मीनाक्षी का माथा और सीना सहलाने

लगी। एक छात्रा कॉपी से उसे पंखा करने लगी। कुछ देर में नीचे भेजी गई बच्ची खाली हाथ लौट आई। उसे नीचे प्रिंसिपल मिल गईं, उसने बताया वह मीनाक्षी के लिए दवा लेने आई है। क्लास में कौन हैं—मिसेज़ शेखर, जानकर उन्होंने मीनाक्षी को सिकरूम में लाने का आदेश दिया। मैंने दो छात्राओं को उठाया, जो उसे दोनों ओर से सहारा देकर नीचे ले जाने लगीं। मीनाक्षी ने अनिच्छा जाहिर की—

"मिस, सिकरूम नहीं जाना है···आई एम ओके।"

"नो, यू गो" मैं उसे भेजकर क्लास को निश्चिंतता से पढ़ाना चाहती थी। उसका न कहना मुझे अच्छा नहीं लगा।

"नो मिस, प्लीज मिस···"

"नो मीनाक्षी, प्रिंसिपल का ऑर्डर है।" मैंने अपनी झल्लाहट पर नियंत्रण रखते हुए किंचित सख्ती से कहा।

उसे जाना पड़ा, दोनों ओर अपनी सहपाठियों के कंधों पर हाथ रखकर शिथिल कदमों से क्लास के बाहर जाती हुई मीनाक्षी की निगाहों से मेरी निगाह उलझ गई। वहाँ पीड़ा के साथ कुछ नाराजगी के से भाव थे, कुछ-कुछ उलाहने के से तेवर। मानो कह रही हो—मिस क्यों भेज रही हैं मुझे···.पर मैंने कोई असर नहीं लिया और इत्मीनान से पढ़ाने में मशगूल हो गई।

घंटी बजने के बाद क्लास से निकलकर स्टाफ रूम में आई। मेरा फ्री पीरियड था। कुरसी खींचकर बैठने जा रही थी कि मीनाक्षी का खयाल हो आया। एक नजर देख आऊँ, बेचारी किस हाल में होगी। उन दिनों हमारा सिकरूम और प्रिंसिपल का ऑफिस ऐन आमने-सामने था। सिकरूम में परदा खिंचा रहता और प्रिंसिपल के ऑफिस में काँच का बड़ा सा पारदर्शी दरवाज़ा, जो प्रायः खुला रहता। बरसों बाद ए.सी. लग जाने के बाद गरमियों में यह दरवाज़ा बंद रहने लगा। मैंने सिकरूम का रुख किया ही था कि प्रिंसिपल ने खुले दरवाजे से मुझे बुला भेजा। उनकी आवाज़ ने कदमों के रुख को मोड़ दिया और मैं अदब से सिकरूम का परदा छोड़ ऑफिस की ओर मुड़ गई।

"मिस शेखर, मुझे मीनाक्षी के बारे में बात करनी है।"

"यस सिस्टर!" मुझे लगा उसकी बीमारी की बाबत सिस्टर के पास कुछ जानकारी है।

"फ्यूचर में मीनाक्षी को आप अटेंड नहीं करेंगी···शी इज़ सफरिंग विद पर्सनैलिटी डिसऑर्डर।"

मैं उलझन भरी नजर से प्रिंसिपल की ओर ताकने लगी। उन्होंने विस्तार से मुझे बताया कि मीनाक्षी की सारी रिपोट्र्स सही आने के बाद उन्होंने स्कूल की डॉक्टर की सलाह पर एक मनोचिकित्सक से संपर्क किया और क्लास में मीनाक्षी के बार-बार साँस की तकलीफ को लेकर परेशानी की बात बताई। उनके अनुसार मीनाक्षी व्यक्तित्व विकार से ग्रसित है। यह एक मानसिक बीमारी है। जिसकी शुरुआत किशोरावस्था या वयस्कता के दौरान होती है। भावनात्मक अस्थिरता, आवेगी व्यवहार, विकृत आत्म-चित्र इसके लक्षण हैं। कई बार व्यक्ति हीन ग्रंथि के कारण ध्यान खींचने के लिए भी असामान्य हरकतें करता है। विक्टिम गेम खेलता है।

"अच्छा यह बताओ, मीनाक्षी पढ़ाई में कैसी है?"

"सिस्टर, बस औसत दर्जे की छात्रा है, अन्य गतिविधियों में भी कुछ खास नहीं।"

"मिस शेखर, उसे आपकी खास देखभाल चाहिए, पर प्यार सहानुभूति के बदले आगे बढ़ने की प्रेरणा ज़्यादा कारगर सिद्ध होगी।"

मैं धन्यवाद कहकर प्रिंसिपल के कार्यालय से निकल आई। अभी भी बहुत कुछ मेरे लिए अस्पष्ट था। तभी मेरी वरिष्ठ सहकर्मी ने इशारे से मुझे बुलाया और धीरे से पूछा कि प्रिंसिपल ने क्यों बुलाया था। मैंने न चाहते हुए भी उन्हें सब कह सुनाया। वे मुसकराईं और बोलीं—

"तुम नहीं जानतीं, मेरी बेटी मीनाक्षी के ही सेक्शन में है।"

"ओह, कौन?"

"विशाखा वर्मा···उसने मुझे बताया है, मीनाक्षी के बारे में···दरअसल वो तुम्हारी जबरदस्त फैन है, तुम्हें बार-बार देखना चाहती है, तुमसे अतिरिक्त प्यार चाहती है···तुम पर आसक्त है···" कहकर वे शरारत से हँसी। मैं अचंभे और सकुचाहट से भर गई।

बीस वर्ष बाद के अनुभव ने जितना समृद्ध किया, बीस वर्ष पहले दिल-दिमाग का डब्बा उतना ही खाली था। दुनिया सीधी-सीधी ही दिखती थी। बात को समझने के एक दो से ज़्यादा कोण भी हो सकते हैं, नहीं जानती थी। वरिष्ठ सहकर्मी से वार्त्ता के बाद प्रिंसिपल की बताई कई बातों की धुंध छँटी और मीनाक्षी को समझना कुछ आसान हुआ।

अब से मैं क्लास में जाती तो मीनाक्षी को कैसी हो, तबीयत ठीक है जैसे सवाल पूछकर तवज्जो न देती। हाँ, पढ़ाई के मुताल्लिक उससे ज़रूर बात करती। सबसे प्रश्न पूछने के क्रम में उससे भी सहज सवाल जवाब करती। बस एक बात का खयाल रखती, उसे शिक्षा से इतर खेलकूद या सांस्कृतिक कार्यक्रमों में अधिक से अधिक भाग लेने के अवसर देती। पहले तो कई मौकों पर वह उदासीन रही, फिर मेरे लगातार उत्साहवर्धन से धीरे-धीरे खेलकूद की ओर उसका रुझान हुआ। सुसंयोग था कि वह रेड हाउस की सदस्य थी और मैं रेड हाऊस की मॉडरेटर। साल के अंत में अंतर हाउस प्रतिस्पर्धा के लिए वह रेड हाउस की खो खो टीम में चुनी गई। अगले चार साल वो कबड्डी और थ्रो बॉल खेलती रही। एक बार मंच पर अंग्रेज़ी नाटक में भी भाग लिया।

इतने वर्षों में फिर कभी मुझे उसकी तबीयत बिगड़ने की खबर सुनकर अपनी क्लास छोड़कर भागना नहीं पड़ा। स्कूल से जाते-जाते वह ऊर्जा और आत्मविश्वास से भरी एक व्यक्तित्वसंपन्न युवती बन चुकी थी। जिसे किसी का ध्यान आकर्षित करने के लिए फिर कभी कोई अभिनय नहीं करना पड़ा। मेरे प्रति उसकी आसक्ति आदर भाव में बदल चुकी थी।

स्कूल से जाने के कुछ बरस बाद उसके पिता की असामयिक मृत्यु हो गई। उस पर अपने दस साल छोटे भाई और माँ की ज़िम्मेदारी आन पड़ी। किसी तरह बी.ए. पूरा कर वह दूसरे शहर में नौकरी करने लगी। फिर माँ और भाई को भी बुला लिया। स्कूल के बाद कभी उससे मुलाकात नहीं हुई, पर साल में दो बार बात ज़रूर होती। मुझे हर 'शिक्षक दिवस' पर फ़ोन करके नमन करती…"हैप्पी टीचर्स डे" कहती और बीते साल भर का ब्योरा देती, अपने शहर आने का आग्रह भरा निमंत्रण भी। मैं भी चौदह नवंबर यानी 'बाल दिवस' को उसे फ़ोन कर शुभकामनाएँ देना न भूलती। यह सिलसिला आज भी बदस्तूर जारी है।

आज वह अच्छी कंपनी में अच्छे वेतन पर काम करती है। माँ को बुटीक खुलवा दिया है। पिछले साल भाई की शादी का सुंदर कार्ड मेरे पते पर भेजा। मैंने फ़ोन कर ढेर सारी शुभकामनाएँ दीं और कहा—

"मीनाक्षी, अब तुम भी किसी अच्छे से लड़के से शादी कर लो," सुनकर वह जोर से खिलखिलाई और बोली—

"मिस, वो तो आप ही को ढूँढ़ना पड़ेगा।"

किनारे पर आकर दम तोड़ती समंदर की ऊँची-ऊँची लहरों की तरह उसकी खिलखिलाहटों के बंद बुलबुलों में बिखर गए। मुझे आठवीं क्लास की वह बच्ची याद आ गई, जो अब उम्र के चौथे दशक की दहलीज पर खड़ी थी—तटस्थ और अकेली पर एक मजबूत विजेत्री।

□

टर्निंग प्वाइंट

"बाय मिस" कहते हुए वह सीढ़ियाँ उतर गई। मैं उसे अंतिम सीढ़ी तक देखती रही, जब तक कि वह मेरी निगाहों से ओझल न हो गई। दरवाज़ा बंद कर भीतर आई। काँच की मेज़ पर सुंदर गोल डिबिया रखी थी। मैंने उठाकर हौले से उसे खोला, उसमें फिरोजी रंग की खूबसूरत रोजरी थी। जिसमें पेंडेंट के रूप में चाँदी का क्रॉस लटक रहा था। वह मेरे लिए रोम से यह सुंदर उपहार लाई थी। एक और खास बात वैटिकन सिटी की यात्रा के दौरान उसे पोप से मिलने का सौभाग्य मिला, इस रोजरी में पोप के पवित्र हाथों का स्पर्श था। मेज़ पर एक और स्मृतिचिह्न था—एक छोटी सी रंगीन गिटार, जो असली गिटार की हू-ब-हू नकल थी, नायाब कलाकृति। उसने बताया कि इसे पेरिस से खरीदा था, मेरे लिए। मैंने नाराजगी जताई—

"क्या ज़रूरत थी इस ताम-झाम की···तुम जानती हो, मैं कोई गिफ्ट नहीं लेती।"

"मिस, अब हम कमाते हैं, कमाई पर पहला हक माँ का होता है। आप तो फिर गुरु माँ हैं। गुरु भी, माँ भी। आपका दोहरा अधिकार है, इसलिए आपके लिए दो गिफ्ट···"

"उफ, कितनी बातूनी हो गई है यह लड़की!" मैं मन-ही-मन खुश होती हूँ। क्यों न होऊँ। कहाँ मिलते हैं ऐसे शागिर्द, जो आपके एक इशारे पर सर के बल खड़े हो जाएँ। कुछ ऐसा ही विश्वास है उस पर। लगता है आधी रात को फ़ोन कर दूँ तो दौड़ी चली आएगी। कह दूँ नदी में कूद जाओ तो एकबारगी कूद जाएगी, फिर बाहर आकर पूछेगी—क्यों कहा? शायद मेरी सोच किसी को अतिशयोक्ति लगे पर बेशक वह यह विश्वास अर्जित कर चुकी है कि मैं हेतुहेतुमद्भूत की कल्पनाएँ करने लगी हूँ।

सोमदत्ता मुखर्जी से मेरा नाता कुल जमा अठारह बरस पुराना है। तब से जब यह स्कर्ट पहनती थी, आठवीं 'बी' में पढ़नेवाली एक किशोरी। साफ़ रंग, साधारण नैन-नक्श, तेल चुपड़े बालों की छोटी सी पोनीटेल वाली चुपचुप सी लड़की। सबसे न घुलने-मिलनेवाली, रीडिंग के लिए उठाए जाने पर हकलाकर पढ़नेवाली। बेहद सामान्य फिर भी कुछ अलग। छोटी-छोटी आँखें पर पैनी निगाह। क्लास में उत्तर देने में कोई रुचि नहीं पर हिंदी की कॉपी में सुंदर लेख। क्लास के अंदर या बाहर कभी उसे हँसते-खिलखिलाते नहीं देखा। न कभी किसी झुंड में गपियाते-बतियाते। न जाने क्यों चोरी-चोरी मेरे मन में उसके लिए सहानुभूति उपजने लगी। वह अकेली है, शायद उसे मेरी ज़रूरत है। पढ़ाते-पढ़ाते कनखियों से उसे देखती तो पाती कि वह भी मुझे गौर से देख रही है।

मेरे प्रश्न पूछने पर वह उत्तर देती पर शब्द मुँह में अटक-अटक जाते। वाचन का दोष कहीं उसमें हीनभावना न भर दे। यह सोच मैं कई बार उसकी कॉपी दिखाकर उसके सुलेख की प्रशंसा करती। कोई-न-कोई बहाना ढूँढ़ती इस कमज़ोर पौधे को खाद-पानी देने का।

प्रथम सत्र की परीक्षा के बाद रिज़ल्ट तैयार हो रहा था। मैं उसकी क्लास टीचर थी। रिपोर्ट कार्ड बनाने बैठी तो सुखद आश्चर्य हुआ। भई, यह तो अच्छी-खासी स्टूडेंट निकली। सभी विषयों में औसत से ऊपर अंक। बस एक ही विषय कमज़ोर था—गणित।

मैंने उसे बुलाकर खूब शाबाशी दी और गणित में मेहनत करने को प्रेरित किया। उसे मेरी समझाईश अच्छी लगी, यह उसका चेहरा बता रहा था।

एक दिन मैं तन्मय होकर पढ़ा रही थी। बाएँ हाथ में किताब थी, दाएँ में चॉक। चश्मा कानों से लटका था ठोड़ी के नीचे। घूम-घूमकर पढ़ा रही थी, जब पढ़ने की ज़रूरत पड़ती चश्मा आँखों पर, जब समझाना होता, नीचे लटका लेती। इसी ऊपर-नीचे में चश्मा सरककर फर्श पर जा गिरा और काँच टूट गया। क्लास देखकर स्तब्ध सी, पर मैंने—कोई बात नहीं, बन जाएगा—कहकर लापरवाही दिखाते हुए पढ़ाना जारी रखा।

क्लास खत्म हुई, मैं बाहर निकली। देखा, सोमदत्ता मेरे पीछे···

"मिस···मिस!"

मैं मुड़ी, मेरी प्रश्नसूचक दृष्टि···

"मिस, हम आपका चश्मा बनवा देंगे।"

"नो, नो इट्स ओ के, मैं बनवा लूँगी।"

"नहीं मिस, आप दीजिए न।"

"पर क्यों?"

"मिस मेरी वजह से आपका चश्मा टूटा, इट्स माय फॉल्ट···आपने मेरी तरफ देखा कि आपका चश्मा गिर गया।"

"आर यू क्रेज़ी? ऐसा कुछ नहीं···" मुझे इस बचकाना दलील पर खूब हँसी आई। मैं चली गई, जाते-जाते मन ने कई बार उसे पगली कहा।

इस बिना बात की घटना के बाद सोमदत्ता मुझसे खुलने लगी। एक सुबह क्लास में आई तो देखा मेज़ पर एक गुलाब रखा है। पूछने पर पता लगा सोमदत्ता लाई है। मैं मुसकराकर हाजरी लेने लगी। आज मुझे क्लास में एक आवश्यक सूचना देनी थी—

"अगले महीने स्कूल में फेट (मेला) है। हमें तैयारियाँ शुरू कर देनी चाहिए। सबसे ज़रूरी है बैनर लाना, सबसे ज़्यादा बैनर लाने वाली क्लास को ट्रॉफी मिलेगी और स्पेशल ट्रीट भी।"

हमारे स्कूल में बैनर रेस एक खास तरीका था, फंड इकट्ठा करने का। उस साल स्कूल के एक कोने में चलनेवाले गरीब बच्चों के 'जूली स्कूल' के लिए भवन तैयार करने की योजना थी, कुछ और भी निर्माण कार्य के लिए धन जुटाना था। स्कूल में दो वर्ष में एक बार लगनेवाले इस मेले का शहर भर में जबरदस्त आकर्षण था। दुकानों, कार्यालयों, व्यापारिक संस्थानों, कोचिंग सेंटर और विभिन्न प्रतिष्ठानों के विज्ञापन आमंत्रित किए जाते थे। यह फेट के लिए धन उगाही का सबसे बड़ा जरिया था।

कई छात्राएँ व्यापारी परिवारों से आती थीं। कई बड़े अधिकारी पिता की संतानें थीं। किसी के पिता नर्सिंग होम चलाते थे तो कोई डिपार्टमेंटल स्टोर। बेटियों के आग्रह और उत्साह के आगे बहुधा अभिभावक घुटने टेक देते। कई शिक्षिकाएँ दबाब भी डालती थीं कि हर छात्रा को कम-से-कम एक बैनर ज़रूर लाना है। हालाँकि स्कूल प्रशासन का ऐसा कोई निर्देश नहीं होता था। मैंने कभी अपनी क्लास पर ऐसा दबाब नहीं बनाया। पर मजे की बात मेरी क्लास में सप्ताह

भर तक सोमदत्ता लगभग रोज़ एक बैनर लाई। मैं खुश भी होती, क्योंकि बुलेटिन बोर्ड पर लगे रेस चार्ट में मेरी क्लास की मीनार ऊँची हो रही थी। पर हैरान भी थी कि वह कैसे रोज़ एक नया बैनर ला पा रही है।

इसी झोंक में मैंने उसका उदाहरण देकर क्लास की अन्य छात्राओं को बैनर लाने के लिए प्रेरित किया। इस पर तपाक से एक छात्रा ने हिकारत से कहा—

"मिस, हमारे पेरेंट्स हमें बेगर्स (भिखारी) की तरह द्वार-द्वार घूमने की इजाजत नहीं देते।"

सोमदत्ता का चेहरा फक पड़ गया। मुझे लगा जैसे छात्रा ने उसे नहीं मुझे अपमानित किया हो। मैंने तुरंत विषयांतर किया। पर यह अप्रिय प्रसंग कई दिन तक मन को सालता रहा। इस बीच सोमदत्ता का आए दिन बैनर लाना जारी रहा। मेरे पूछने पर कि वह कैसे बैनर प्राप्त कर लेती है, उसने बताया कि उसका घर निपट कमर्शियल इलाके में है। वह रोज़ शाम घर से निकलती है और कुछ दुकानदारों को अपने स्कूल के उद्‌देश्य बताकर उनसे माँग करती है कि वे अपनी दुकान का विज्ञापन दें, विज्ञापन की राशि गरीब बच्चों के काम आएगी। इस क्रम में किसी-न-किसी दुकान से उसे बैनर मिल ही जाता है, सिंपल···.

पर मैं जानती हूँ यह इतना सिंपल नहीं था। कौड़ी को दाँत से पकड़नेवाले पैसे के पीरों से हजार, पाँच सौ झटक लेना कोई खेल नहीं। न जाने किस-किस के आगे अपने स्वाभिमान को ताक पर रखकर अपने स्कूल की खातिर उसे गुहार लगानी पड़ती होगी और इधर क्लास में अपनी सहपाठियों से उसे पुरस्कार के बदले तिरस्कार मिलता है। उस दिन एक छात्रा द्वारा सोमदत्ता के लिए कसा तंज मेरे सीने में फाँस की तरह धँस गया था। मैं अपनी प्रतिक्रिया देने का माकूल मौका तलाश रही थी। आखिर मुझे मौका मिल ही गया।

उस दिन सोमदत्ता अनुपस्थित थी। मैंने बच्चों को आरुणि की अपने गुरु के प्रति श्रद्धा और भक्ति की बेमिसाल कहानी सुनाई। जिसमें उसके गुरु धौम्य ऋषि एक बार मूसलधार वर्षा होने पर फसल के नष्ट होने की चिंता में अपने शिष्यों को मेंड़ की निगरानी के लिए खेतों में भेजते हैं। आरुणि और सभी शिष्य जाकर देखते हैं कि मेंड़ तो टूट गई है, वे उसे जोड़ने का प्रयास करते हैं। परंतु जल का अत्यधिक वेग देख लौट आते हैं, पर आरुणि वहीं ठहरता है और कुछ उपाय न सूझने पर उस बहाव को रोकने के लिए स्वयं वहाँ लेट जाता है, जिससे

जल का बहाव रुक जाता है। इसके बाद धीरे-धीरे वर्षा कम हो जाती है, परंतु आरुणि वहीं पर लेटा रहता है। बहुत देर बाद ऋषि धौम्य उसे ढूँढ़ते हुए वहाँ पहुँचते हैं और आरुणि को इस प्रकार से अपनी आज्ञा का पालन करता देख गद्गद हो जाते हैं। उन्होंने कीचड़ में लेटे हुए आरुणि को उठाकर अपने हृदय से लगा लिया और कहने लगे—

आज तुमने गुरु भक्ति का एक अपूर्व उदाहरण प्रस्तुत किया है। तुम्हारी यह तपस्या और त्याग युगों-युगों तक याद किया जाएगा। मेरा आशीर्वाद है कि तुम एक दिव्य बुद्धि प्राप्त करोगे।

पूरी क्लास एकाग्र होकर कहानी सुन रही थी। मैंने कहा—

"हमारी क्लास में भी एक आरुणि है—सोमदत्ता। जो अपनी शिक्षिका और स्कूल के लिए मन प्राण से बैनर लाने में जुटी है। उसे भी एक दिन इस तपस्या का बड़ा पुरस्कार मिलेगा, यह मेरा आशीर्वाद है।" कहते हुए मेरा स्वर भीग गया था।

क्लास बिल्कुल खामोश, मानो काठ मार गया हो। उससे चिढ़नेवाली सभी लड़कियाँ निगाह झुकाए बैठी रहीं। उनके मन में शर्मिंदगी थी या पछतावा, मैं जाँचने का प्रयास करती कि वही छात्रा उठकर बोली—

"मिस, सॉरी···आई वॉज रूड टू सोमदत्ता"

"इट्स ओ के सिट डाउन" मैंने मुलायमियत से कहा।

आदर्श शिष्य आरुणि की कहानी से शायद कच्ची उम्र के बच्चों का किशोर मन पसीज गया था। उसे हेय समझनेवालों ने अपने मन का द्वार सोमदत्ता के लिए खोल दिया। आखिर सोमदत्ता के योगदान से उनकी क्लास रेस में आगे जा रही थी। फर्स्ट आने पर पूरी क्लास को आइसक्रीम की ट्रीट मिलनेवाली थी। असेंबली में घोषणा होने पर सारे स्कूल की तालियाँ मिलेंगी सो अलग। सोमदत्ता के लिए उनके मन का मैल साफ़ हो गया। और तो और सोमदत्ता स्टाफ रूम में भी चर्चा का विषय बन गई। कुछ टीचर्स आते-जाते कॉरिडोर में उससे चुहल करतीं—

"सोमदत्ता, भई मुझे भी एक-दो बैनर ला दो, मेरी क्लास रेस में बहुत पीछे है।"

"सॉरी मिस, मैं सिर्फ अपनी क्लास टीचर के लिए लाऊँगी। मुझे अपनी क्लास को जिताना है।" वह साफगोई या कहूँ तो ढिठाई से तुनककर जवाब देती,

जिसे सुनकर छेड़नेवाली शिक्षिका हँसते हुए चली जातीं। बाद में मुझे स्टाफ रूम में आकर कहतीं—

"भई, सोमदत्ता तो तुम्हारी असली स्टूडेंट है, तुम्हें जिताकर ही छोड़ेगी।" और सचमुच अंत में उसकी वजह से मेरी क्लास यानी आठवीं 'बी' ने यह रोमांचक रेस जीती। असेंबली में घोषणा होने पर सारे स्कूल की तालियों के बाद भी मेरी क्लास की तालियाँ देर तक बजती रहीं। क्लासरूम में लौटकर भी सबका जोश ठाँठें मार रहा था।

एक लड़की चिल्लाई—"थ्री चियर्स फॉर सोमदत्ता।"

"हिप हिप हुर्रे, हिप हिप हुर्रे, हिप हिप हुर्रे..."

लगा क्लास की दीवारें चटक जाएँगी। यह सोमदत्ता की निष्ठा का उत्सव था, जो मुझे पुरसुकून अहसास दे रहा था। इस कोलाहल में सोमदत्ता मंद-मंद मुसकरा रही थी।

जैसे आरुणि को उसके गुरु ने आशीर्वाद दिया था कि तुम एक दिव्य बुद्धि प्राप्त करोगे, ठीक वैसे ही मैंने भी पूरी क्लास के सामने सोमदत्ता को उसकी तपस्या का बड़ा पुरस्कार मिलने का आशीर्वाद दिया था। यह आशीर्वाद कई-कई बार फलित हुआ। सबसे पहले बैनर प्रकरण के कुछ ही महीनों बाद।

सोमदत्ता की कर्तव्यनिष्ठा और असाधारण योगदान को देखते हुए मैं इस बार का बेस्ट सिटिजन अवॉर्ड उसे देने का मन बना चुकी थी। यह क्लास की सबसे समर्पित, शालीन और अनुशासित छात्रा को मिलनेवाला प्रतिष्ठित पुरस्कार होता है। इसके लिए क्लास टीचर नाम प्रस्तावित करती है, जिस पर अंतिम निर्णायक यानी प्रिंसिपल प्रायः मोहर लगा दिया करती हैं।

वार्षिक परिणाम तैयार करते हुए मैंने पाया कि सोमदत्ता को सभी विषयों में अच्छे अंक मिले, पर गणित के प्राप्तांक में लाल निशान लग चुका था। मानो आखिरी सीढ़ी तक पहुँचकर साँप ने डस लिया हो। साँप-सीढ़ी के खेल में खिलाड़ी को दूसरा मौका मिलता है। पर सोमदत्ता की गोद में गिरते हुए पके फल को भाग्य चील की तरह झपटकर ले जा रहा था। मैं यह होने नहीं दूँगी। हालाँकि जानती थी केवल एक विषय में फ़ेल हो जाने से उसे कंडीशनल प्रोमोशन मिल जाएगी और वह अगली कक्षा में बैठ पाएगी। पर मेरा ख़्वाब था उसे पारितोषिक

समारोह में हजारों छात्राओं की तालियों की गड़गड़ाहट के बीच बेस्ट सिटिजन अवॉर्ड ग्रहण करते देखना।

मैं भरे मन से उसकी रिपोर्ट कार्ड तैयार कर रही थी, जिसमें एक लाल निशान मुझे मुँह चिढ़ा रहा था। मैं अवश इसे मिटा नहीं सकती थी। पर जो कर सकती थी, वो ज़रूर किया। अगले दिन अपनी क्लास की पचास रिपोर्ट कार्ड का पुलिंदा प्रिंसिपल की मेज़ पर रखते हुए एक कागज़ उनके हाथ में दिया, जिसमें उन छात्राओं की सूची थी, जिनकी सौ प्रतिशत उपस्थिति थी। साथ ही सबसे अच्छी खिलाड़ी, सबसे अच्छी वक्ता, अधिकतम कुल प्राप्तांक अर्जित करनेवाली, विषयवार सबसे अधिक अंक पानेवाली छात्रा के नाम के साथ बेस्ट सिटीज़न के रूप में सोमदत्ता का नाम अंकित था। जिसे देखते ही प्रिंसिपल बिदक गईं—

"सोमदत्ता? नो-नो, वी कांट डू दिस···उसकी रिपोर्ट कार्ड में लाल निशान है, हमने उसे कंडीशनल प्रोमोशन दी है, मिसेज़ शेखर! यह उचित नहीं।"

"सिस्टर, माफी चाहती हूँ, केवल एक विषय में कमज़ोर होने से हम उसकी हजार खूबियों को नहीं नकार सकते। उसका व्यवहार, उसकी निष्ठा, उसकी सच्चाई, उसका अनुशासन सब कुछ अव्वल है। स्कूल के लिए उसका समर्पण बेजोड़ है। उसकी विकास यात्रा शानदार रही है···मुझे याद है वो दो वाक्य बोलने में हकलाती थी, उसने आत्मविश्वास अर्जित किया है, क्लास उसे पसंद नहीं करती थी, उसने क्लास का दिल जीता है। यह अवॉर्ड उसके जीवन का टर्निंग प्वाइंट होगा···प्लीज सिस्टर, मेरे फैसले पर विचार कीजिए।"

सिस्टर ध्यान से मेरी दलीलों को सुनती रहीं, पर लगता है मैं सोमदत्ता की वकालत में सफल नहीं हो पाई, क्योंकि उन्होंने मुझसे विकल्प के रूप में किसी दूसरी छात्रा का नाम लिखने के लिए कहा। आज भी याद है हताश होकर मैंने सोमदत्ता का नाम काटे बिना उसके नीचे एक दूसरी आदर्श छात्रा मोहिता का नाम लिखा था। बुझे मन से मैं प्राचार्या के कमरे से लौट आई, जीतकर हारे हुए के समान। बाद में मन को समझाया जाने दो, मैंने भरसक प्रयास किया तो···कभी-कभी दुर्भाग्य आड़े आ जाता है, फिर मैं उसकी भाग्यविधाता तो नहीं। आखिर मोहिता भी तो योग्य छात्रा है···मैं सोचने लगी, जिसके लिए मेरी उम्मीद की लौ जल-बुझ रही थी, वो इस सबसे बेखबर जाने क्या कर रही होगी।

एक सप्ताह बाद पुरस्कार समारोह था। एक के बाद एक केटेगरी के पुरस्कारों की घोषणा हो रही थी। बेस्ट सिटीज़न केटेगरी में आठवीं 'बी' का नाम आते ही मेरी आँखें मोहिता को ढूँढ़ने लगीं, पर कानों ने ऐसा विचित्र छल किया कि मेरा रोम-रोम पुलकित हो गया। हाँ, कानों के आकाश में सोमदत्ता के नाम की तरंगें यूँ फैल गईं जैसे निविड़ अँधेरे को चीरकर कोई दीपस्तंभ समंदर की लहरों पर पसर जाता है।

सोमदत्ता ठुमकती हुई अवॉर्ड लेने मंच पर गई। उसकी क्लास पुरजोर करतलध्वनि कर रही थी। मैं अवाक् देखती रह गई, ताली बजाना भी भूल गई। बस आँखें तरल हो उठीं। समारोह के बाद प्रिंसिपल को जाकर विशेष धन्यवाद दिया।

सोमदत्ता के लिए सफलता की सुदीर्घ श्रृंखला की यह पहली कड़ी थी, सचमुच उसके जीवन का टर्निंग प्वाइंट। इसके बाद नवीं में वो हाउस वाइस कैप्टन, दसवीं में क्लास कैप्टन और ग्यारहवीं में विद्यालय विद्यार्थी परिषद् में चुनी गई। उसकी चरम उपलब्धि थी—बारहवीं कक्षा में उसे 'स्कूल ब्लू' यानी सर्वश्रेष्ठ छात्रा का सबसे बड़ा पुरस्कार मिलना।

स्कूल के विशाल ऑडिटोरियम में हजारों अभिभावकों और शिक्षकों की भीड़ में उसकी टीचर यानी मैं सम्मोहन की सी स्थिति में बैठी थी, अपने दाएँ हाथ को आँखों के नीचे पूरे चेहरे पर फैलाए। हथेली झर-झर बहते आँसुओं को जज्ब नहीं कर पा रही थी। नयनों से निकली धार चोरी-चोरी गरदन से होते हुए सीने में उतर जाने को अकुला रही थी। कोई देख न ले—इस डर से मैं हिल-डुल भी नहीं रही थी। बाहर आई तो वो अपने माता-पिता के साथ मेरी प्रतीक्षा कर रही थी। देखते ही मेरे पैरों में झुक गई, मैंने उसे कसकर गले लगा लिया। उसके माता-पिता को बधाई दी। उसके पिता बोले—

"मैडम, पहली बधाई आपको! आप इसकी गॉडमदर हैं।" मैं नि:शब्द मुसकरा दी।

सोमदत्ता संभवत: पहली छात्रा थी, जिसे मैं अपने कॅरियर की पहली कमाई कहूँगी। जिसने मुझे अपनी कर्मभूमि यानी अपने स्कूल से गहरे जोड़ दिया। अगले वर्षों में जब-जब ऐसी छात्राएँ मिलीं, अपने स्कूल से मेरे अनुराग की गिरह कुछ और कसती गई।

सोमदत्ता ऊँची शिक्षा हासिल करके एक संस्था में ऊँचे पद पर कार्यरत है।

अपनी नौकरी के सिलसिले में देश-विदेश जाती है। जाने से पहले ज़रूर फ़ोन करती है और एक ही बात पूछती है—

"मिस, आपके लिए क्या लाऊँ?"

मैं उसे शुभकामनाएँ देकर एक ही बात कहती हूँ—

"तुम सही-सलामत वन पीस लौटकर आओ...बस...!"

□

प्रेमराग

किसी भी व्यक्ति को पूरी तरह से समझने के लिए उससे दूर जाना पड़ता है। सामने होने पर हम उसे देखने-सुनने में मशगूल रहते हैं, समझने का अवकाश कहाँ होता है, होता भी है तो आंशिक। सही और संपूर्ण समझ के लिए साक्षी भाव में उतरना पड़ता है, तभी हम खुद को कटघरे में खड़ा कर पाते हैं, खुद को तिरस्कृत और दूसरे को पुरस्कृत कर पाते हैं। बड़ा कठिन होता है खुद की देह से खुद को निकालना, एक प्रकार से मरना पड़ता है।

उड़ान भरने के बाद धुंध और कोहरे को चीरता हवाई जहाज जब घने बादलों के ऊपर पहुँचता है तो साफ़, निखरी विराट धूप के दर्शन होते हैं। ठीक ऐसा ही होता है समझ का सफर। किंतु कभी-कभी सारे जतन करके भी हम समझ के अंतिम छोर तक पहुँच नहीं पाते, जैसे मैं``। वो मेरे लिए आज भी कुछ-कुछ अबूझ ही है। फिर भी उसके बारे में लिखना ज़रूरी है। उस पर लिखे बिना अनुभवों की पोटली खाली नहीं होगी।

छब्बीस साल की नौकरी में मेरे लिए वह अपनी तरह की इकलौती छात्रा थी, जिसने डेढ़ बरस तक मेरी परीक्षा ली। मैंने अपनी हजारों स्टूडेंट्स के कितने ही टेस्ट लिये ज़्यादातर उन्हें पूर्वसूचना देकर। कभी-कभार सरप्राइज टेस्ट भी लिया होगा, पर एक वरिष्ठ शिक्षिका को उम्र के संध्याकाल में बिना बताए, लगातार लंबे समय तक मॉनिटर करना``उसका चलना-फिरना, लोगों से बात व्यवहार, क्लास में पढ़ाने आदि की एक प्रकार की जासूसी उसकी निजता पर आक्रमण सरीखा प्रयास है।

किसी की पैनी निगाह आपको तौल रही है, आपकी शख्सियत एक ऐसे मापक यंत्र से गुजर रही है, जिसकी निगाह आपके आर-पार देखने में सक्षम है (उसमें सचमुच यह शक्ति थी)। आप हर समय आचरण के उच्च पैमाने पर नहीं होते, जाने-अनजाने आदर्श स्खलित भी होते हैं। दर्जनों छात्रों के सामने कक्षा में

और सैकड़ों के सामने कक्षा के बाहर एक शिक्षक को बड़ी एहतियात से उत्कृष्टता का जामा ओढ़े रखना पड़ता है। कभी साँस लेने के लिए, सहज होने के लिए मुखौटा उतारना भी पड़ता है। यही वो कमज़ोर पल होते हैं जब आपकी रुक्षता, क्षुद्रता, माथे की त्योरियाँ, अमर्यादित भाषा या चारित्रिक दुर्बलता का पर्दाफाश हो जाता है और आप एक ऊँचे आसन से च्युत हो जाते हैं। मैंने भी जाने कितनी बार अपनी ही छवि का उल्लंघन किया होगा, पर उसने मुझे हर परीक्षा के बाद भी नकारा नहीं, हर दिन पिछले दिन से ज़्यादा स्वीकारा और अंतत: मुझे सर्टिफिकेट दिया अपना गुरु चुनकर, अपना अनन्य प्रेम देकर।

मैंने पढ़ा था रामकृष्ण परमहंस को अपने उत्तराधिकारी शिष्य की तलाश थी, इसलिए बार-बार वे विवेकानंद के पीछे आते थे। विवेकानंद रामकृष्ण से भागते थे, विवाद करते थे, अवज्ञा करते थे, पर रामकृष्ण कभी उनसे विमुख नहीं हुए। अंत में विवेकानंद ने उन्हें अपना गुरु स्वीकारा। पर यहाँ बात दो साधारण दुनियावी टीचर स्टूडेंट की थी और मामला उलटा था। उसने मुझे तलाशा, मुझे मापा-तौला, जाँचा-परखा और गुरु के आसन पर बिठा दिया। मेरा उससे कितनी ही बार वाद-प्रतिवाद, रोष-आक्रोश हुआ। मेरे किसी पर झुँझलाने, कुपित होने या हलका आचरण करने पर वह साधिकार कहती यह उचित नहीं, आप सामान्यजन जैसा नहीं सोच सकतीं, आप औरों से श्रेष्ठ हैं, असाधारण हैं। कभी-कभी वो मुझे डपट भी देती अपना सच्चा गुरु समझकर पर मैं तो एक मामूली टीचर थी, उस टीचर को बुरा लगता, अहं को ठेस पहुँचती।

मेरे लिए सबसे आपत्तिजनक बात थी उसका रोज़ मेरी तसवीर की पूजा करके 'भावनाय नम:' मंत्र पढ़ना। उसके परिवार में सब यह बात जान गए थे। पहले तो मैंने हँसी-हँसी में कहा—यह अशुद्ध है, शुद्ध रूप है, 'भावनायै नम:' पर फिर उसे समझाया, यह बेवकूफी है, ऐसे भी कोई करता है भला। पर उसने मेरी एक न सुनी। इससे मैं बेहद खफा हो गई, सबसे पहले तो लोग यह देख उसका मजाक उड़ाते होंगे और फिर मुझ अदना को अपने पूजे जाने की कल्पना से ही शर्मिंदगी होती। हमारे बीच इस मुद्दे पर बहुत खींचतान हुई। अंतत: उसने वह तसवीर-पूजा छोड़ दी, लेकिन मेरा पीछा नहीं छोड़ा और एक पल ऐसा भी आया, जब अप्रत्याशित रूप से मुझे वह अपनी गुरु लगने लगी। उसकी सोहबत में मेरे विकार नष्ट होने लगे, वह खुद घंटों ध्यान में बैठती और मुझे योग और ध्यान के लिए प्रेरित करती। वह

ध्यान में बहुत आगे तक पहुँचने लगी थी, शायद कुंडलिनी जागरण की प्रक्रिया में···

एक बार मुझे ध्यान का अनुभव कराने के लिए मेरे घर आई और आग्रहपूर्वक कमरे की मद्धम रोशनी में अपने साथ लगभग बीस मिनट मौन बिठाए रखा। इस पूरी क्रिया में उसने मेरा एक हाथ अपने हाथ में ऐसे कस के बाँध रखा था, जैसे माँ भीड़ के रेले में मजबूती से अपने बच्चे का हाथ पकड़े रहती है। मुझे अटपटा लग रहा था, किंतु यह सौ फीसदी अनुभूत सत्य है कि बीस मिनट बाद उसकी संपूर्ण देह तरंगित हो उठी और मेरे हाथ में उन तरंगों का स्थानांतरण हो गया।

क्लास में मंत्रमुग्ध होकर मेरे वचन सुननेवाली अब अकेले में मुझे प्रवचन देने लगी थी। जीवन के रहस्य, मान-अपमान, साधना, योग, दर्शन और मुक्ति जैसे जटिल विषयों पर उसके धाराप्रवाह भाषण मैं तन्मयता से सुनती। हमारे बीच सिर्फ आकाश का विस्तार होता। कभी चलती कार में, कभी मेरे घर में, कभी स्कूल के किसी खाली कक्ष में···केवल एक वक्ता और एक श्रोता के बीच दुनिया-जहान का सारा इल्म, सारी खुदाई सिमट जाती। मैं उसे छोटा विवेकानंद कहने लगी थी।

वह सिर्फ सत्रह बरस की थी। जब लड़कियाँ चाँद की दहलीज पर बैठकर सूरज को मुट्ठी में कैद करने के ख़्वाब देखती हैं···आकाशगंगा में तैरते हुए नक्षत्रों की यायावरी करना चाहती हैं···सपनों की चूनर में तारे टाँकने को ललचती हैं··· मौसम का रंग अपने गालों पर मलकर हवा की पालकी में सवार रहती हैं···जिस उम्र में आँखों में जुगनू, खयालों में तितलियाँ, बातों में शोखियाँ, पैरों में बेताबियाँ उमगने लगती हैं और बंदिशों के रिबन खुलने लग जाते हैं, उस उम्र में वह पचास बरस के संत योगी विरक्त महात्मा जैसी बातें करती।

इससे पहले मैंने उसे यानी संवेदना को चार साल पढ़ाया। दो साल तक मेरे लिए वह क्लास की पचास-पचपन छात्राओं में से एक थी—अनदेखी अनचीन्ही सी। पंद्रह वर्ष की उम्र में जब वह नवीं कक्षा में आई तो मेरे जहन में अपनी उपस्थिति दर्ज कराने लगी। पढ़ाते वक्त निगाह घूमती और अकसर बॉयकट बालोंवाली प्यारी सी लड़की को तन्मयता से अपना लेक्चर सुनते पाती। गोल चेहरे पर फूले गाल और हलकी भूरी आँखों में छात्रसुलभ जिज्ञासा। कुल-मिलाकर मुझे वो एक संजीदा बच्ची लगी। कभी उसे कोई चुहल, शरारत या उच्छृंखलता करते नहीं देखा। बाद में उसने बताया कि वो मेरे अनुमान से बिल्कुल विपरीत थी। महाशातिर, तेजतर्रार और अव्वल दर्जे की एक्टर, जो मेरे सामने अबोध, शांत और संयमित होने का

अभिनय करती, क्योंकि उसे मेरा दिल जीतना था। मेरी बातों को ध्यान से सुनने का नाटक करते हुए असल में वो मेरी साड़ी, मेरी भाव-भंगिमा में डूबी रहती थी। पर यह भी सत्य है कि किशोरसुलभ चपलता के बावजूद उसने कभी किसी सहपाठी या शिक्षिका से कोई दुर्व्यवहार या अनुशासन हीनता नहीं की।

उसके बारे में मैं कम ही समझ पाई, उसी ने ज़्यादा बताया। दो साल बाद उसी ने कहा कि नवीं क्लास में मुझसे हिंदी का एक पाठ पढ़ते हुए वह सम्मोहित हो गई थी। यह पाठ था—गणेशशंकर विद्यार्थी का लिखा निबंध 'धर्म की आड़'। बकौल संवेदना उस दिन वो शून्य में चली गई। उसने बताया—

"मिस, मुझे लगा पूरी क्लास में सिर्फ आप और मैं थे। उस दिन आपका धर्म पर दिया वक्तव्य एक चुंबकीय व्याख्यान था, जिसने मुझे विचित्र ढंग से प्रेरित किया और मेरे तार आपसे जुड़ गए।"

शायद उस दिन संवेदना को मेरी देह के भीतर मेरी चेतना का स्पर्श मिला और उसका शिष्यत्व उद्‌बुद्ध हो गया। जैसे खाद-पानी पाकर बीज अकुरा जाता है, संवेदना में भी कुछ चटका था, शायद यह मेरे प्रति एक अनन्य भाव का प्रस्फुटन था, जो बाद में सघन और प्रगाढ़ प्रेम में परिणत हुआ।

मैं रेड हाउस की मॉडरेटर थी। मेरा सामीप्य पाने के लिए बिना महत्त्वाकांक्षा के वह रेड हाउस की वाइस कैप्टन बनी। प्रत्यक्ष में वह मुझसे खुली नहीं थी और मैं इस बात से नितांत अनभिज्ञ कि उसके द्वारा मन-ही-मन गुरुपद के लिए प्रस्तावित हूँ और अब उसकी दृष्टि मेरी वेश-भूषा के पार मेरे भीतर मुझे खँगालने में लगी है—मेरा मन, मेरी आकांक्षाएँ, मेरी अपेक्षाएँ, मेरी नीयत, मेरे संस्कार, मेरी कर्मण्यता, छात्राओं से व्यवहार, मेरी वैचारिकी, शिक्षण के दौरान मेरे निजी अनुभव, मेरा चरित्र, सब कुछ को स्कैन किया जा रहा था।

घनिष्ठ हो जाने के बाद उसी ने बताया कि अमुक दिन आपने अमुक छात्रा को उसकी अभद्रता पर क्लास में डाँटने की बजाय, अकेले में बुलाया और समझाकर जिस तरह क्षमा किया तो मैंने यह निष्कर्ष निकाला''या अमुक दिन प्रार्थना सभा में एक छात्रा के अचेत हो जाने पर आपने जो किया''.इस तरह वह मुझे भाँपती रही। यह सिलसिला डेढ़ साल तक चला। अचंभित करनेवाली बात यह है कि तब पंद्रह-सोलह की बित्ते भर की उम्र में उसके पास निष्कर्ष निकालने की कौन सी कसौटी थी। उसके संपर्क में आने के बाद जाना कि उसमें असाधारण मेधा,

प्रबल इच्छाशक्ति और प्रचंड मानसिक ऊर्जा थी। मैं इसे उसकी प्रारब्ध से अर्जित अनायास शक्ति मानूँगी। वह चेहरे पढ़ लेती थी। शारीरिक भाषा से व्यक्ति की मंशा, स्वभाव और चरित्र जान जाती थी। इसी से वह सुपात्र गुरु को खोज रही थी। ज्ञानप्राप्ति के लिए नहीं, बल्कि गुरु का कल्याण करने के लिए।

दसवीं की परीक्षा से पूर्व छात्राओं को अंतिम निर्देश देने के साथ मैंने प्रेरित किया कि परीक्षा और परिणाम घोषित होने के बीच माह भर का अंतराल जीवन का दुर्लभ कालखंड होगा, इसका प्रयोग अपनी किसी रुचि को विकसित करने में लगाना। यह एक उपलब्धि होगी। छात्राएँ बोर्ड परीक्षा में बैठीं। रिज़ल्ट आया, ग्यारहवीं के लिए कुछ छात्राएँ स्कूल छोड़कर दूसरे शहरों में चली जाती हैं पर अधिकांश इसी विद्यालय में बारहवीं तक रह जाती हैं।

संवेदना मेधावी थी, अच्छे अंकों से पास होकर ग्यारहवीं में आ गई और इसी विद्यालय में रह गई पर अब मैं उसे नहीं पढ़ाऊँगी, क्योंकि हमारे विद्यालय में दसवीं के बाद पाठ्यक्रम में हिंदी विषय नहीं था। वह रोज़ प्रार्थनासभा में, सीढ़ियों या कॉरीडोर में किसी-न-किसी बहाने मेरे सामने पड़ती, मुझे गुड मॉर्निंग कहती और चली जाती। मेरे लिए यह बहुत सहज था। सितंबर महीने में शिक्षक दिवस आया, वह मेरे पास आई। एक पैकेट मेरी ओर बढ़ाया और मुझे हैप्पी टीचर्स डे बोली। मैं उसकी शुभकामनाओं के लिए थैंक्स कहकर छिटक गई—

"यह क्या है, जानती हो न मैं उपहार नहीं लेती।"

"मिस, यह उपहार नहीं है, आप ले लीजिए···मैंने कुछ बनाया है।"

"बट, नो···"

"मिस, विश्वास कीजिए पैसे से खरीदी कोई चीज नहीं है।"

"सच"

"सच मिस!"

मैंने पैकेट ले लिया। घर आकर खोला, यह स्पाइरल बाइंडिंग की हुई एक फाइल थी। ऊपर टाइप किए अक्षरों में लिखा था—प्रेमराग। मैं दंग रह गई। इस किताबनुमा फाइल का मुखपृष्ठ उलटा और पन्ना-दर-पन्ना एक आसन पर पढ़ती चली गई। अचंभित कर देनेवाली उसकी पचास स्वरचित कविताएँ थीं, जो उसने मुझे समर्पित की थीं। सारी कविताओं का मजमून गुरु, माँ या ईश्वर था। शिक्षकों को सुंदर इबारत में सुंदर उक्तियाँ या भावुक कृतज्ञतासूचक शब्द अपने छात्रों से

मिलते रहते हैं, जो या तो कहीं से उतारे हुए होते हैं या बच्चों के अपने लिखे अनगढ़ भाव होते हैं। पर संवेदना की कविताएँ उसकी उम्र के पैमाने से विलक्षण थीं। मुझे उसकी भाषा, शिल्प और भाव में हू-ब-हू अपने लेखन की छाप दिखी। हर कविता के साथ मैं रोमांच के नए सोपान पर चढ़ती गई। अंत में फाइल बंद करके निस्तब्ध सी बैठी रह गई। दिमाग सुन्न हो गया। दरअसल उसने कविताओं में मुझे इतने ऊँचे आसन पर बैठा दिया था कि मैं डर गई, बिल्कुल वैसे जैसे जाइंटव्हील पर बैठने से डरती हूँ। ऐसा उपहार किसी ने पहली बार दिया था। भय के बर्फीले अहसास ने इस खुशी को पाला मार दिया। मैं इतनी महान् नहीं···इसने भावुकतावश मुझ पर एक बोझा लाद दिया है··· माँ तक तो ठीक है, पर गुरु और ईश्वर!···शिव, शिव! मैंने दोनों कानों को हाथ लगाया··· न-न, इसका भ्रम तोड़ना होगा।

अगले दिन उसे बुलाकर शाबाशी दी इस अनूठे सृजन के लिए। पूछने पर पता चला कि दसवीं की बोर्ड परीक्षा के बाद खाली वक्त में उसने ये कविताएँ लिखी हैं। मुझे याद आया, मैंने छात्राओं को प्रेरित किया था।

"संवेदना! तुम एक संभावनाशील कवयित्री हो, मैं हैरान हूँ तुमने इतनी गूढ़ कविताएँ कैसे लिख डालीं···पर बेटा, किसी सामाजिक विषय पर लिखतीं···यह क्या लिख डाला।"

"मिस, मैंने कहाँ लिखीं, ये तो आपने लिखी हैं···देखिए बिल्कुल आपकी शैली है न!" मैं हतप्रभ थी।

"और हाँ, मुझे कोई कवि-ववि नहीं बनना है··· यह तो आपके लिए मेरा प्रेम है··· प्रेमराग···आप मेरी गुरु हैं और गुरु ही तो ईश्वर है···" कहते हुए वह कतई भावुक नहीं थी। जबकि प्रेम की अभिव्यक्ति अनुनय अनुमोदन में प्रायः मनुष्य द्रवित हो जाता है, पर संवेदना में बला की नियंत्रणशक्ति थी खुद को संयमित रखने की।

आजकल छात्र अपने शिक्षकों को शिक्षा के बदले फीस देते हैं। पर संवेदना ने 'प्रेमराग' के रूप में मुझे अग्रिम गुरुदक्षिणा दी थी। जबकि मैंने गुरु का कोई गौरव अब तक नहीं दिखाया था। मेरी ओर से संवेदना से गहरे जुड़ाव का पहला जरिया 'प्रेमराग' बना। यह गुरु-शिष्य संबंध की एक अनुपम बानगी था। हिरन की नाभि में रहना भर कस्तूरी की सार्थकता नहीं, उसकी सुरभि नाभि से बाहर आने पर ही फैलती है। मोती सीप में बंद रह गया तो क्या लाभ। प्रेमराग स्वाति नक्षत्र की बूँद की तरह असंख्य चातकों की प्यास बुझाए। ऐसी धारणा के साथ मैंने प्रेमराग

की पांडुलिपि बिहार सरकार की एक परियोजना में भेज दी और सचमुच अठारह वर्ष की नववयस्का को पुरस्कृत किया गया। अत्यंत परिपक्व कविताओं के लिए उसे अनुदान राशि के साथ सरकारी निर्देश मिला कि इन्हें पुस्तकाकार में प्रकाशित करवाया जाए। देश के शीर्ष प्रकाशक राजकमल प्रकाशन ने इसे छापा। इतना ही नहीं, उस वर्ष बिहार सरकार के 'विद्यापति पुरस्कार' से इस अनोखी किताब को नवाजा गया।

उसने बडीं निस्पृहता से ये पुरस्कार ग्रहण किए। मैंने उसके आगे इच्छा जाहिर की कि वह लेखन जारी रखेगी और बड़ी साहित्यकार बनेगी। उसने ऐसा कोई वादा नहीं किया। मैं कुछ निराश हुई फिर सोचा पहले यह कॅरियर बना ले। लिखने के लिए उम्र पड़ी है।

'प्रेमराग' छपने के बाद हमारे बीच औपचारिकता की दीवार चटक गई। वह गाहे-बगाहे मेरे घर आ जाती। घंटों हम हँसी-ठिठोली के साथ जीवन, मरण की गूढ़ दार्शनिक बातें करते। वह हिंदी और अंग्रेज़ी के आध्यात्मिक पोथे पढ़ती और मुझसे आकर गंभीर विवेचना करती। दार्शनिक अभिरुचि के कारण मुझे भी आनंद आता। अब मैं प्राय: श्रोता की भूमिका में रहती। उसके अनुसार उसे भी 'प्रबुद्ध' श्रोता सामने होने से सुख मिलता। मैं अभिभूत होकर कहती—

"मैं काहे की प्रबुद्ध···मैंने तो सिर्फ पढ़ा है, तुमने तो अनुभव किया है··· और क्या शानदार है तुम्हारी वक्तृता।"

सुनकर तपाक से अपने गहन गभीर लबादे को उतार फेंकती—

"मिस, काहे की वक्तृता, बकैती-है-बकैती।" हँसते-हँसते उसकी आँखों में महीन तरावट उतर आती।

"मिस मुझमें आप हैं और आपके भीतर मैं। देखिए हम दोनों के नाम का भी एक ही अर्थ है।" वह लाजवाब लड़की अकसर मुझे अवाक् कर देती।

उसकी एक बात मुझे बड़ी विचित्र लगी थी। बोली—

"मिस! जानती हैं, मैं अपनी माँ के गर्भ में आठ साल देर से क्यों आई··· क्योंकि जल्दी आती तो आपसे आठ साल पहले मिलती···.पर तब आप मेरी गुरु बनने योग्य नहीं होतीं। हाँ, अब आप तैयार हैं।" उसकी बातों में बचकानापन कम रहस्य ही ज़्यादा लगता।

उसके माता-पिता भी मेरा बहुत मान करते।

एक दिन उसकी माँ बोली, "यह तो कृष्ण कन्हैया है, उनकी तरह इसकी भी दो माएँ हैं।" मैं मन-ही-मन खुद को देवकी या यशोदा के खाँचे में फिट करने लगती।

एक दिन यह सुनकर मेरा माथा ठनका कि वह पढ़ाई कॅरियर छोड़ वैराग्य लेना चाहती है। वैराग्य का मतलब घर छोड़कर चली जाएगी। हालाँकि यह उसने पहले कई बार कहा, पर मैंने उसे हँसी में लिया था। उस दिन बहुत प्रेम से बोली—

"आप चलिएगा मेरे साथ?"

"कहाँ?"

"साथ चलिए तो बताऊँगी, अन्यथा नहीं।"

"क्यों?"

"आप मेरे घरवालों को बता देंगी।"

"मैं एक गृहस्थन हूँ, मेरी संसार छोड़ने की कोई इच्छा नहीं, समाज में रहकर भी बहुत कुछ किया जा सकता है। मदर टेरेसा ने कितनी समाज-सेवा की, विदेहराज जनक को याद करो, विवेकानंद की जीवनी पढ़ी है न, फिर गीता जो अस्सी बार पढ़ी उससे क्या सीखा···और सब छोड़ो, माँ-बाप का क्या सोचा है··· वे कैसे जीएँगे, उनके प्रति अपना फर्ज नहीं निभाओगी?"

"उनके अंतिम समय पर हम आ जाएँगे।"

"ज़्यादा शंकराचार्य मत बनो, तुम लड़की हो···रोज़ कितने बलात्कार होते हैं···" मेरी झिड़कियों पर थेथरई से अपनी मसल्ज दिखाती, हाथ फैलाकर कहती—

"पंजा लड़ाइएगा?"

"फालतू बातें मत करो ।" मुझे सचमुच क्रोध आता इस पागल लड़की पर।

एक दिन मेरे घर आकर फूट-फूटकर रोने लगी—

"मिस, आप भी नहीं समझेंगी, आप तो सब जानती हैं···मेरा जीवन लक्ष्य··· मेरे भीतर अपार ऊर्जा ठाँठें मारती है, मुझे ठेलती है···मैं साधना के लिए तड़प रही हूँ।"

मैंने उसे गले लगाकर शांत किया। उस दिन उसका अपने पापा से आगे पढ़ने को लेकर तीव्र विवाद हुआ था। उस रात मैंने उसके लिए एक दार्शनिक कविता लिखकर भेजी, ताकि उसकी बेचैनी कम हो। पढ़कर वह गद्गद थी, उसे लगा था मैं उसकी परवाह करती हूँ, उसे अपनी बच्ची की तरह प्रेम करती हूँ।

मुझे याद आया एक बार बोली थी कि मुझे वैराग्य लेने से संसार में कोई नहीं रोक सकता, सिर्फ आपके पास वीटो पावर है। आप कहेंगी तो मान जाऊँगी—अपने अनन्य प्रेम का प्रमाण देने के लिए उसने मुझे ऐसा कहा था।···पर सिर्फ एक बार आप इसका प्रयोग करेंगी।

"मैं भारत के खिलाफ चीन की तरह बार-बार इसका प्रयोग करूँगी और तुमसे अपनी बात मनवाऊँगी।" मैंने उपहास किया।

"नो मिस, सिर्फ एक बार!"

मुझे वीटो पावरवाली बात याद आई···पर नहीं, उसका प्रयोग किसी और संगीन मौके के लिए बचाकर रखना है।

मैंने उसे समझाया कि अठारह बरस में वैराग्य लेने के संकल्प को अगले सात-आठ साल के लिए मुल्तवी करो। पहले कुछ बनकर माँ-पापा का समाज में सर ऊँचा करो, फिर अपने बारे में मनचाहा फैसला करो। मैं तुम्हारे पेरेंट्स से बात करती हूँ···पर मुझे बात नहीं करनी पड़ी। उसके अभिभावक बहुत सुलझे हुए और बेटी की इच्छाओं का आदर करने वाले हैं। पिता-पुत्री में करार हुआ है कि वह उनकी इच्छा के लिए पढ़ेगी, कुछ बनेगी। उसके बाद वे उसकी इच्छा के आड़े नहीं आएँगे।

वह एक प्रतिष्ठित संस्थान से कानून की पढ़ाई में तल्लीन है। कभी-कभी फ़ोन पर बात होती है। साथ पढ़नेवाली लड़कियों के साथ लड़कों के भी किस्से सुनाती है। मैं उसे छेड़ती हूँ—

"किसी से प्रेम हो रहा हो तो खुद को रोकना मत, मुझे बताना···मैं उस दिन सेलिब्रेट करूँगी।"

वह ठठाकर हँस पड़ती है कहती है—"मिस, माँ भी यही कहती हैं।'' पर सचमुच मेरी दिली ख्वाहिश है ऐसा हो जाए और वो सांसारिक मोह के धागों में बँध जाए।"

अपनी चाहत पर ताज्जुब भी होता है, उलझन भी। कितनी ही कक्षाओं में निर्गुण संतों के दोहे पढ़ाते हुए छात्राओं को संसार से निर्लिप्त रहने की प्रेरणा दी। किशोर मन को बुद्ध के विरुद्धवाद का मर्म समझाया। पर संवेदना की वेदना को समझकर भी उसका साथ न दे पाई।

मंथन करती हूँ तो एक ही कारण समझ में आता है कि यदि वह इकलौती

संतान न होती तो शायद मैं उसे विरक्ति के मार्ग से न खिंचती।

"मिस, मुझे दुनिया को बदलना है, उन्हें योग और ध्यान में लगाकर। मैं आपकी बेटी की जगह होती तो क्या समाज कल्याण से आप मुझे इसी तरह रोकतीं।" उसने पाँसे की तरह सपाट प्रश्न उछाला था।

"शायद नहीं, क्योंकि मेरे दो बच्चे हैं, पर तुम अकेली हो।" मेरा अनायास जवाब था।

नहीं जानती मैंने जो कहा वह जिह्वा से कहा था या हृदय से।

फिलहाल आश्वस्त हूँ, मेरे पास वीटो पावर सुरक्षित है।

□

मॉरल साइंस

हमारे विद्यालय की हर क्लास टीचर को हफ्ते में मॉरल साइंस की तीन क्लास लेनी पड़ती हैं। यानी सोमवार से बुधवार तक पहली घंटी मॉरल साइंस। ज़्यादातर के लिए यह पीरियड बोझिल और उबाऊ होता है। अपने-अपने विषय में माहिर कई टीचर्स इस विषय पर गूंगे हो जाते हैं। मोरैलिटी से संपन्न लोग भी प्रायः अभिव्यक्ति में कृपण नजर आते हैं। अब सत्य, अहिंसा, न्याय, परोपकार, त्याग जैसे विषयों पर बोलते हुए कब शिक्षक उपदेशक बन जाता है, पता ही नहीं चलता। भान तब होता है, जब पीछे बैठे बच्चों में कुछ की आँखें झपकने लगती हैं, या अगल-बगल कुछ खुराफात होने लगती है। कई सहकर्मियों को चुहल करते सुना है—

"अर्चना, यार तुम मेरी मॉरल साइंस की क्लास पढ़ा दो, मैं तुम्हारी क्लास में फ़िज़िक्स पढ़ा दूँगी।"

"न बाबा, तुम्हीं पढ़ाओ...कितनी बोरिंग होती है यह घंटी। स्कूल को इस विषय के लिए अलग से एक टीचर रखनी चाहिए।"

"ठीक कहती हो, जैसे पी.टी. टीचर, म्यूजिक टीचर, आर्ट टीचर ऐसे ही मॉरल साइंस टीचर।"

"हूँ..."

"भावना, तुम्हीं मॉरल साइंस पढ़ाया करो, आज मैंने देखा, तुम्हारी क्लास में स्टूडेंट्स बड़े जोश में थे, कोई गेम चल रहा था क्या? मैं बाहर से गुजरते हुए कुछ पल रुक गई, पर समझ नहीं आया क्या टॉपिक था।"

"अरे, तो क्लास में आ जाना चाहिए था न! तुम भी गेम में शामिल हो जातीं।" मैंने खिलखिलाकर कहा।

सीनियर सेक्शन की एक टीचर ने तो प्रिंसिपल से ईमानदारी से गुहार लगाई थी कि वह बायोलॉजी की तीन एक्स्ट्रा क्लास पढ़ा देगी, पर मॉरल साइंस नहीं पढ़ा सकती।

"सिस्टर, आय एम ए टीचर, आय कांट बी ए प्रीचर।" बेबाकी से उसने कहा।

"यू आर अ मेंटर माई डिअर···"

"बट सिस्टर···"

अंततः ग्यारहवीं क्लास की मॉरल साइंस का जिम्मा यूरोपियन नन सिस्टर जोन को मिला और मेरी सहकर्मी ने राहत की साँस ली।

मॉरल साइंस को लेकर मुझे एक सुखद अनुभव हुआ। दसवीं का सत्र समापन की ओर था। मार्च में होनेवाली बोर्ड परीक्षाओं के लिए दिसंबर तक पाठ्यक्रम पूरा कर देने का नियम था, ताकि क्रिसमस की पंद्रह दिन की छुट्टियों में छात्राएँ प्री-बोर्ड परीक्षा की तैयारी कर सकें, पर लगभग हर साल राजनीतिक पार्टियों के बंद, मौसम की दुश्वारियों, आकस्मिक घटनाओं के चलते वर्किंग डे कम पड़ जाते और कोर्स पूरा करने के लिए कुछ विषयों की एक्स्ट्रा क्लास लेनी ही पड़तीं।

इस बार भी चार दिन का टाइम टेबल बनाया गया। कुछ अन्य विषयों के साथ हिंदी का कोर्स भी समाप्त हो चुका था। पर क्लासटीचर होने के नाते अतिरिक्त तवज्जो देते हुए मैंने बच्चों से पूछा—

"कोर्स तो पूरा हो गया है, पर यदि आपकी कोई समस्या या कठिन प्रश्न हों, खासकर व्याकरण में तो मैं एक्स्ट्रा क्लास ले सकती हूँ।"

"यस मिस···यस मिस···" का समवेत स्वर उठा।

"ठीक है, तो शुक्रवार को अंतिम कालांश···"

"नो मिस, शुक्रवार नहीं, शनिवार को···और एक पीरियड नहीं, पूरा एक दिन हम आपसे पढ़ेंगे।"

क्लास कैप्टन की बात से मेरी आँखें चौड़ी हो गईं। कुछ पूछती उससे पहले वह फिर से चहक उठी -

"····.और मिस, हिंदी नहीं, सिर्फ मॉरल साइंस पढ़ेंगे।"

सारी क्लास अपनी कैप्टन के सुर-में-सुर मिलाने लगीं।

"यू क्रेजी गर्ल्स!" मैंने हँसकर कहा, "बट नॉट नाउ···तुम्हारी परीक्षा के बाद···"

क्लास से निकलते हुए मन हिलोर ले रहा था।

□

आसमान झुक गया

उस दिन एक ज़रूरी काम से एन टी पी सी जाना हुआ। संयोग से डेढ़ बजे पहुँची। बड़े अधिकारी से मुलाकात करनी थी, ध्यान नहीं रहा कि लंच का समय है। स्वाभाविक है कि वे लंच पर निकले थे। उनके सचिव ने मुझे अगले दिन आने के लिए या प्रतीक्षा करने के लिए कहा। कल पर काम टालना ठीक नहीं लगा सो रिसेप्शन में इंतज़ार करने लगी।

मोटे कालीन पर बेहद करीने से बड़े-बड़े सोफे बिछे थे। बीच में काँच की नाटी चौकोर मेज़ थी जो ताजगी का अहसास देनेवाले मोतिया रंग के नकली फूलों से सजी थी। रिसेप्शन के दोनों कोने आबनूस की नक्काशीदार तिकोनी टेबल से लैस थे। मैं रिसेप्शन की सज्जा में मैं खो गई। सामने की दीवार पर पीतल की लगभग पाँच फीट ऊँची ध्यानमुद्रा में लीन बुद्ध की मूर्ति यहाँ बैठे प्रतीक्षार्थियों को इंतज़ार करने का धैर्य बख्श रही थी। मैंने खुद को बुद्ध की मुंदी पलकों में गहरे उतरता महसूस किया। यह इंतज़ार बड़ा सुकूनदेह मालूम हो रहा था।

कुछ ही क्षण गुज़रे कि मेरा ध्यान भंग होने का एक संयोग बना। एक शालीन सी युवती उधर से गुजरी··· अचानक ठिठकी, पलटकर मुझे घूरा कहना ज्यादती होगी, निहारा कहना अतिशयोक्ति। बस दोनों के बीच के भाव से मुझे देखा और हैरानी से 'मैम आप···' कहते हुए मुझसे मुखातिब हुई। करीब आकर बड़ी मुलायमियत से कदमों में झुक गई।

मैं बगैर पहचाने उसे देख आत्मीयता से मुसकरा दी। मेरी कोई स्टूडेंट रही होगी।

"मैम, मैं सुमीता रॉय।" मैं उसे ताकती रही।

"लगता है आपने पहचाना नहीं!"

बात सही थी। उसे कुछ क्लू देना पड़ेगा।

"मैम, जब आपने ज्वॉइन किया था, तब मैं आठवीं क्लास में थी। आप हमारी क्लास टीचर बनीं, हम आपका पहला बैच थे, अलवीरा और ऋचा आनंद मेरी क्लास में थीं।"

"ओह, एक अरसा हो गया, लगभग बीस बरस या उससे भी ज़्यादा··कैसे पहचानती?"

"पर मैम, मैंने आपको तुरंत पहचान लिया, आप तो जरा भी नहीं बदलीं!"

सच है, एक उम्र के बाद झुर्रियाँ आने के पहले तक अगले कुछ बरसों के लिए रंगरूप रूढ़ सा हो जाता है, बशर्ते कि कोई डायबटीज़ या थायरॉइड जैसी तेजी से वजन घटाने या बढ़ानेवाली बीमारियों की चपेट में न आ जाए। मैं अब तक सौभाग्यशाली थी। न सावन हरे न भादो सूखे।

उसकी बात पर क्या कहती, बस पुलक से भर गई।

"मैं यहाँ मैनेजर हूँ। आपका कैसे आना हुआ?" सुमीता पूछ बैठी।

"मैं तुम्हारे जनरल मैनेजर से मिलने आई हूँ, पर वे लंच पर गए हैं।"

"ओह, पर मेरे रहते आप यहाँ इंतज़ार नहीं कर सकती।" वह तपाक से बोली।

मेरा यूँ बैठना उसे तौहीन लगी। आग्रहपूर्वक मुझे अपने चेंबर में ले गई। काँच के आर-पार दिखनेवाले चेंबर के आजू-बाजू वैसे ही कई चेंबर थे। कुछ लोगों की निगाह हमारी ओर उठ गई। सुमीता ने उत्साहित भाव से अपने साथी अफसरों से मिलवाया यह कहकर कि मेरी स्कूल टीचर हैं। कहते हुए उसकी आँखों में चमक थी और चेहरे पर गौरव। मेरे लिए उसके भाव अपने स्कूल की शिक्षा का प्रतिदान थे। मेरा मन गद्गद हो उठा।

अभी दस मिनट ही बीते होंगे कि बड़े अधिकारी के लौट आने की सूचना मिली। सुमीता मुझे उनसे मिलवाने ले गई और उसी आह्लाद और गर्व के साथ अपने वरिष्ठ अधिकारी से परिचय कराया। उस समय जनरल मैनेजर के साथ एक और अधिकारी वहाँ मौजूद थे। रीमा ने जब परिचय कराते हुए अपने स्कूल का नाम लिया तो वे अधिकारी लपककर बोल उठे कि उनकी बेटी भी वहाँ प्राइमरी सेक्शन में पढ़ती है। अब तो माहौल बड़ा अनौपचारिक सा हो गया। सौहार्दपूर्ण मुलाकात हुई, अटका हुआ काम चुटकियों में हो गया। बस कंपनी की ओर से एक फॉर्म भरकर देने का निर्देश मिला।

यह पता लगने पर कि मैं एक लेखिका हूँ, अधिकारियों ने मुझसे वादा लिया कि अगले माह आनेवाले 'हिंदी दिवस' समारोह में मुझे शिरकत करनी होगी। मैंने सहर्ष उनकी सहृदयता का कर्ज़ उतारना स्वीकार किया और धन्यवाद देकर विदा ली।

सुमीता पुनः मुझे अपने चेंबर में ले आई। कॉफ़ी और कुकीज का ऑर्डर दिया और ढेर सारी बातें कीं, अतीत के पन्ने पलटे। बहुत सारी टीचर्स और स्टूडेंट्स हमारी बातों के केंद्र में थीं। इसी बीच चपरासी सुमीता द्वारा मँगाया कंपनी का फॉर्म ले आया। मुझे फॉर्म देकर सुमीता ने क्या-क्या कैसे भरना है, समझाया। मैंने अगले दिन फॉर्म भरकर लाने का निश्चय किया।

"बेटा, इत्मीनान से समझकर भरूँगी। हड़बड़ी में कुछ गलत न भरा जाए।"

उसने मेरी ऊहापोह को भाँप लिया और फॉर्म मेरे हाथ से लेकर बोली—

"लाइए मैम, मैं भरे देती हूँ, आपको कल दोबारा आने की तकलीफ नहीं करनी पड़ेगी। आप तब तक कॉफ़ी पीजिए।"

मैं अवाक् उसे देखती रह गई। तकरीबन बीस साल पहले मैं जिसकी क्लास टीचर थी, आज वह लाल स्कर्ट पहननेवाली बच्ची मेरी टीचर सी बनी एक जिम्मेदार ओहदे पर बैठकर मेरा ज़रूरी फॉर्म खुद ही भर रही थी।

लगा आसमान झुक गया और मैं तारों पर चल रही हूँ। कोई साथ हो न हो मेरे स्टूडेंट्स तो हैं, हर मुश्किल मुकाम पर बैसाखी बनकर कब कहाँ हौंसला बख्शने चले आएँगे, नहीं जानती।

सुमीता को असीसती मैं कॉफ़ी के बहुत छोटे-छोटे सिप लेने लगी।

□

हस्तक्षेप

आज सुबह करीब आठ बजे मैं गाड़ी में सवार अपने विद्यालय की ओर जा रही थी। मौसम सुहावना था। मैंने खिड़की का शीशा उतार दिया। आकाश की ओर निगाह डाली तो देखा दो-चार नन्हे-नन्हे बादल सूरज के मुख पर अपने सलेटी पंख पसारकर उससे अठखेलियाँ कर रहे हैं। मुझे हँसी आ गई, अपनी सोच का त्वरित संशोधन किया। निरीह बादलों की क्या मजाल जो ऐसी हिमाकत करें। कितने मुगालते में रहते हैं हम, बादल हमारी दृष्टि को ढकते हैं और हम नादान कहते हैं—बादल ने सूरज को ढक दिया या सूरज छिप गया। हवा एक शिशु की कोमल अंगुलियों की तरह कपोलों को सहला रही थी। सर्दी की खुनक मौसम की ड्योढ़ी में प्रवेश करने ही वाली थी। पलकें मूँदने का मन हुआ कि आँखें अनायास चौड़ी हो गईं। सीधी सड़क पर दूर कुछ ऐसा मंजर था, जिसने मुझे हैरान और परेशान कर दिया।

अचानक देखा आगे आठ-दस लोगों का गोल हुजूम खड़ा है, जिसमें तीन लोग मिलकर एक व्यक्ति को बेतहाशा पीट रहे हैं…बाकी तमाशबीन…देखते-देखते गाड़ी घटनास्थल के बिल्कुल निकट पहुँच गई। स्थिति और स्पष्ट हुई—उस व्यक्ति के सिर पर एक आदमी हेलमेट से जोरदार प्रहार कर रहा था, बाकी दो उसे खींच-खींचकर मुक्कों से मार रहे थे।

"सुशील गाड़ी रोको" मेरा व्यग्र आदेश सुनकर ड्राइवर ने सड़क के बीचोबीच गाड़ी रोक दी और मैं पल भर गंवाए बगैर उस अनजाने फसाद में हस्तक्षेप करने से खुद को न रोक पाई।

जाते ही मैंने पिटनेवाले को स्त्री होने के बावजूद बेझिझक खींचकर पीछे धकेला और उस पर अपने हाथों की ढाल बनाकर—

मारिए मत, मारिए मत, कहकर आक्रमणकारियों को अपनी कुव्वत भर तरेरा।

वे लगातार मुश्तें कसकर गाली-गलौज कर रहे थे। पिटनेवाला चालीस-पैंतालीस बरस का मझोले कद का आदमी भी कुछ कम नहीं था, मार खाने के बावजूद वह भी तैश में बक-बक कर रहा था। तभी एक वर्दीधारी वहाँ प्रकट हुआ। मैंने उससे कहा—

"आप क्या कर रहे हैं यह झगड़ा रोकिए।"

"जी मैडम।"

तब तक आठ-दस लोग और जमा हो गए। तमाशबीन बने लोग अब आक्रोशित तीन आदमियों को समझाने-बुझाने लगे। मेरी गाड़ी रुकने से पीछे कुछ गाड़ियाँ रुक गई थीं। उनमें से ही किसी वी.आई.पी. का बॉडीगार्ड रहा होगा, जिसे सिपाही समझकर मैंने झगड़ा शांत करने की गुहार लगाई थी।

झगड़े की ज्वलनशीलता कुछ कम होती देख मैं गाड़ी में आ बैठी, पर मेरी कनपटियाँ जल रही थीं, दिमाग में लावा सा बह रहा था। उस झगड़े का तनाव सड़क से उठकर मेरी शिराओं में पहुँच गया था।

"जानते हो सुशील, आजकल लोग सड़क पर पीट-पीटकर मार ही डालते हैं···उफ, पागल हो चुकी है दुनिया···" मैं अपने ड्राइवर को सफाई दे रही थी यूँ अकस्मात् अनजान प्रसंग में अपने कूद पड़ने की। वह बिल्कुल हैरान नहीं था···वह मेरा स्वभाव जानता है।

गाड़ी गंतव्य की ओर बढ़ चली और मैं सोचने लगी, कहीं उनके पास कोई हथियार होता, गोली चलती या कुछ और···

"तो क्या ?" अंतस ने सवाल दागा।

महानगरों की सड़कों पर कितने हादसों को अंजाम तक पहुँचने से इसीलिए नहीं रोका जाता क्योंकि हम हस्तक्षेप से बचते हैं। मुझे लगता है सिर्फ पहल की देर है। कोई एक पहल कर दे तो फिर कारवाँ जुटता चला जाता है और यह पहल तब आसान और अनायास होती है, जब कमर कसनेवाले ने मेरी तरह मैथिलीशरण गुप्त की कविता पढ़ी हो—

"हुई न यूँ सुमृत्यु तो वृथा जिए वृथा मरे
मरा नहीं वही कि जो जीया न आपके लिए
वही पशु प्रवृत्ति है कि आप आप ही चरे
मनुष्य है वही कि जो मनुष्य के लिए मरे।"

इस घटना के अगले दिन दसवीं कक्षा की एक छात्रा क्लास में पूछ बैठी—

"मिस, उस दिन सड़क पर कुछ झगड़ा हो रहा था न और आप वहाँ जाकर…"

"कौन सा झगड़ा?" मैं अचकचा गई।

"मिस, पापा मुझे स्कूटर से स्कूल छोड़ने आ रहे थे, देखा भीड़ लगी है…"

"अच्छा, …वो तो बस यूँ ही… !" मैं बात को विराम देना चाहती थी।

"मिस, बताइए न क्या हुआ था?" छात्राओं का समवेत स्वर उठा।

"अरे, मुझे कविता पूरी करने दो, ये सब फिर कभी…"

"नहीं, नहीं…"

"कहा न, मुझे पढ़ाना है।"

"अच्छा प्रोमिस कीजिए कल मॉरल साइंस की क्लास में सुनाएँगी।"

मॉरल साइंस यानी नैतिक शिक्षा की घंटी…छात्राओं को कहानी, किस्से और मेरे भोगे अनुभव, संस्मरण सुनने की चाट लग चुकी थी। इस पीरियड में जीवन के लिए उपयोगी आदर्श उबाऊ उपदेशात्मक शैली में सुनना इन चंचल किशोरियों को गवारा न था। मैंने भी शहद मिलाकर उन्हें कड़वी भेषज पिलाने का नुस्खा अपना लिया था।

वादे के अनुसार अगले दिन पहले पीरियड में सारा किस्सा हू-ब-हू सुना डाला। अंत में इस हिदायत के साथ।

"मेरी तरह तपाक से सड़क के झगड़ों में कूद न पड़ना। पहले दुनिया को समझो, अपने पैरों पर खड़े हो, स्थितियों को तौलने-परखने की योग्यता हासिल करो। तब आगे बढ़ो…देखना तब तुम्हारे पीछे कारवाँ जुटता जाएगा।"

उनके चेहरों पर एक जागरूक नागरिक और जिम्मेदार शहरी का आत्मविश्वास चमक रहा था।

□

काली कबूतरी

पिछले दो दिन से नवीं की छात्राएँ महादेवी वर्मा का चर्चित रेखाचित्र 'गिल्लू' पढ़ रही हैं। गिल्लू का अंत सबको व्यथित कर गया। एक टीस लिये पाठ के प्रश्नोत्तर पर चर्चा हुई। एक प्रश्न था—अपने आसपास उपलब्ध पशु-पक्षियों की भाव-भंगिमाओं का अध्ययन करें, उनकी तसवीरें खीचकर या चित्र बनाकर एक परियोजना तैयार करें।

दुर्गा पूजा की छुट्टियों में छात्राओं ने यह काम किया और एक-से-एक सुंदर परियोजनाएँ तैयार कर जमा कीं। मेरा अपनी छात्राओं से एक समझौता था कि उनके साथ-साथ मैं भी वही होमवर्क करूँगी। फर्क यह होता कि वे रेखाचित्र बनातीं, मैं शब्दचित्र। मेरा तर्क था कि आप चित्रकारी और साज-सज्जा में निपुण हैं, सो कलापूर्ण परियोजना बनाएँ। मैं चित्रकला में शून्य एक लकीर भी करीने से नहीं खींच सकती, सो मैं अपनी शब्दसंपदा का प्रयोग करूँगी। वे अपनी परियोजना दिखाएँगी, मैं अपनी परियोजना सुनाऊँगी।

उस दिन अपना सच्चा अनुभव परियोजना के रूप में यूँ सुनाया—

दो दिन पहले देखा बालकनी में आकर काली कबूतरी एक गमले में बैठ गई। वही काली कबूतरी, जिसने दो बार मेरे घर में अंडे दिए। पहली बार के दो अंडों के लिए हमने गत्ते के चौड़े डिब्बे में घोंसला बनाकर दिया, अंडों में से बच्चे निकले, उनकी साफ़-सफाई, दाना-पानी, फुदकना-उड़ना सबमें भागीदार बनने का हमने सुख भोगा, दूसरी बार के दो अंडों को एक-एककर चील के झपटकर ले जाने का अफ़सोस कई दिन तक सालता रहा।

वही काली कबूतरी जो रोज़ अपने जवान हो गए झक सफेद बच्चों के साथ सुबह-सुबह दाना चुगने आती है…दो दिन पहले बालकनी के गमले में चुपचाप बैठी दिखाई दी। शेखर बोले, "आज इसने दाना भी नहीं खाया। कुछ बीमार दिखती है।"

दूसरे दिन कभी छत पर तो कभी बालकनी में दिखी, वैसी ही शिथिल और शांत। कल रात अँधेरे में पाँव से कुछ टकराया, मैं छिटककर पीछे हट गई। लाइट ऑन की तो हलकी चीख निकल गई—''अरे, काली कबूतरी कमरे के भीतर आ गई!'' वह भी शायद डरकर डाइनिंग टेबल के नीचे घुस गई थी। पर यह उड़ क्यों नहीं रही···ज़रूर इसे कोई कष्ट है!

वह परेशान न हो, सोचकर हमने कल रात खाना टेबल पर न खाकर बेडरूम में ही खाया। बहरहाल उसके लिए बाजरे के कुछ दाने डाइनिंग टेबल के नीचे छींट दिए, पर उसने तो खाना छोड़ दिया था। कुछ देर बाद वह टेबल से निकलकर किचन के रास्ते में आ गई। हमारे आने-जाने से वह असामान्य रूप से बेअसर दिखी। उड़ने में ऐसी अशक्त कि बहुत पास से उसका वीडियो बनाने पर भी उसने कोई प्रतिरोध नहीं किया।

शेखर ने आशंका व्यक्त की, इसका अंतिम समय लगता है। उसकी बेचारगी पर मन भर आया। उसे डिस्टर्ब न करने के अलावा कुछ नहीं सूझ रहा था। हम भीतर चले गए, पर मन उसी में अटका था। आधे घंटे बाद चेक किया तो पाया वो ड्राइंग रूम में सोफे के नीचे घुसकर बैठी है। मैंने उसके कुछ फोटो क्लिक किए।

लगभग साढ़े ग्यारह बजे शेखर सो गए, मैं रोज़ की तरह पढ़ने में मशगूल रही। पढ़ते-पढ़ते ही मुझे नींद आती है, पर कल दिल, दिमाग और आँखों में काली कबूतरी ही बसी रही। बीच में दो बार उठकर देखा, वह वहीं बैठी थी। लगभग डेढ़ बजे शेखर की नींद टूटी, बोले, "अभी तक सोई नहीं!"

मैने आग्रह किया चलो न कबूतरी को देखते हैं। ड्राइंग रूम में आए तो मन चीत्कार कर उठा। वह सोफे से बाहर आकर तड़प रही है, पंख फड़फड़ा रहे हैं, देह औंधी सी हो गई है। बदहवासी में मेरी रुलाई फूट पड़ी।

"शेखर कुछ करो···" हम दोनों अवश थे।

"पानी लाओ" मैं दौड़कर पानी लाई। शेखर ने उसकी खुली चोंच में आठ-दस बूँदें टपकाईं। कुछ बूँदें मुँह में गईं कुछ फर्श पर। उसकी काँपती चोंच शांत हुई। पंख अगले दस-बीस सेकंड धीमे-धीमे फड़फड़ाए और फिर वह बिल्कुल निश्चेष्ट, स्थिर और जड़ हो गई।

मेरे लिए यह दृश्य मर्मांतक था। पूरे जीवन कभी किसी मनुष्य को मरणासन्न स्थिति में नहीं देखा। लगभग एक घंटे तक हम दोनों बैठे रहे एक मातम में डूबे···

मुझे लगा क्या संयोग है पितृपक्ष की अंतिम तिथि अमावस्या…(जो मेरे ससुरजी की पुण्यतिथि भी होती है)

ऐसा लगा काली कबूतरी हमारी कोई पुरखिन थी, जो अंतिम साँस लेने हमारे घर के भीतर चली आई…शेखर के हाथ से तर्पण की तरह जल की बूँदें ग्रहण करके शांत हो गई।

बाहर मरती तो कौन जाने, मरने के पहले निरीह अवस्था में या मरने के बाद किसी कुत्ते-बिल्ली का शिकार होती या कूड़े-कचरे में फेंकी जाती। इत्मीनान था कि अंत के लिए उसने हमें चुना।

आज सुबह सबसे पहले उसकी निर्जीव देह को ले जाकर एक मैदान में गड्ढा खोदकर आत्मीयता से उसे दफ़ना दिया। मिट्टी डालते हुए आँखें डबडबा गईं।

लौटकर देखा बालकनी के पार उसके दोनों गबरू बच्चे फुदक रहे हैं, माँ के वियोग से अनजान… निर्मोही कहूँ या स्थितप्रज्ञ ?

पर हम मनुष्य कितने कमज़ोर! राग-द्वेष, माया-मोह व अज्ञान से भरे कहूँ या संवेदना के मारे?

महादेवी के गिल्लू की तरह काली कबूतरी ने भी मुझसे एक नाता जोड़ लिया था। दिन भर मन जीवन-दर्शन में खोया रहा। क्या है जीवन…क्या हैं मोह के धागे, रिश्ते-नाते। कई दिनों तक नींद नदारद रहेगी। न जाने कब तक उसकी यादें कचोटती रहेंगी…

□

मेट्रो का सफर

ग्रीष्मावकाश की छुट्टियों के बाद स्कूल का खुलना बच्चों को उत्साहित करता है। कई दिन की बेपरवाह और बेतरतीब दिनचर्या के बाद स्कूल का व्यवस्थित अनुशासित जीवन एकरसता भंग करता है। झरने सा कुलाँचे भरता जीवन समतल में नदी बन बहने को आतुर लगता है। दो-चार दिन तो यह परिवर्तन खूब भाता है। दोस्तों से मिलने की कल्पना भर से मन हिलोरें लेता है।

लंबी छुट्टियों के बाद वाला पहला पीरियड हर बार मॉरल साइंस का होता। जिसमें लड़कियाँ अपनी छुटियों के छिट-पुट किस्से सुनातीं। कौन गाँव गया, कौन राजगीर, तो कौन सिंगापुर, किसने मौसेरी बहन की शादी में मजे किए तो किसने दादी या माँ की सर्जरी में कष्ट उठाया, किसने तैराकी सीखी और किसने दोस्तों के साथ बर्थडे मनाया, इस श्रृंखला की अंतिम कड़ी हमेशा मैं होती। विषय के उपसंहार के रूप में अंतिम किस्सा भी मेरा ही होता। सबके किस्सों की श्रोता बनी मैं अंत में उस दिन वक्ता की भूमिका में आ गई। इस बार मैं दिल्ली गई थी और मेरा अनुभव मेट्रो यात्रा से जुड़ा था।

उस दिन मेट्रो में चढ़ते ही सीट मिलना निफिक्र होना था। छोटे शहरवालों को दिल्ली की लंबी पदयात्राएँ रास नहीं आतीं। कभी एस्केलेटर, कभी सीढ़ी, इधर चढ़ो, उधर मुड़ो···बैग एक्सरे मशीन में डालो, परदे के पीछे देह की जाँच कराओ, मशीन को कार्ड दिखाओ।

उफ, जान छूटी। अब तनि सुस्ता लिया जाए। आँख खुद ही झपने लगी। धूप का चश्मा सुतने का बढ़ियाँ बहाना है। पर कान में पड़ती भनभनाहट ने दो-तीन मिनट में नींद उड़ा दी। गरदन घुमाई तो देखा मेरी दाईं ओर दो देसी टाइप की अधेड़ दिखतीं वृद्ध महिलाएँ पंजाबी में बिना फुलस्टॉप कौमा के बतियाए जा रही हैं। झड़ती देह में जबनिया टनाक-टनाक थी। बहरहाल एक वक्ता और दूसरी लगातार श्रोता ही बनी रही।

"तुस्सी सत्संग जाणा है?"

अचानक अपनी ओर दागे गए प्रश्न पर मैंने 'न' में सर हिला दिया।

सत्संग यानी श्री श्री रविशंकर की कल्चरल मीट जिसने दिल्ली को पस्त कर दिया, क्या ज़रूरत है इतने बड़े आयोजन की, वैसे ही सड़कें ट्रैफिक से पटी रहती हैं। यहाँ तो जनसैलाब उमड़ पड़ा है। झुँझलाहट से मेरा माथा घूम रहा था।

मेरी 'न' ने उन्हें बोर कर दिया। वे फिर मशगूल हो गईं, अपनी रामकहानी में, मैंने फिर आँखें मूँद ली। अभी सफर लंबा था। पर इस बार करीब से आती स्वरलहरियों के लिए कान का फाटक खुला छोड़ दिया।

"बड़ा बुरा हाल है, शरीर चलता नहीं, नू (बहू) फटकारें देती है…सवेरे छह बजे उठती हूँ… चाय बनाती हूँ, पानी भरना, फिर निक्के को सकूल छोड़ना…"

"जगबीर की कहंदा है?" (जगबीर क्या कहता है?)

"ओसणे की कहणा है, खसमा नूँ खाणया गालियाँ निकालता है।"

(वो क्या कहेगा, कमबख्त गालियाँ देता है।)

"मोया, किन्ना बीमार सी! तुस्सी किन्नी सेवा कित्ती ओस वेल्ले।"

(नालायक, कितना बीमार था, आपने कितनी सेवा की थी उस समय।)

"आहो जी, सन् सत्तर दी गल है। छह महीने दा सी…चलो जी, सांनू की है… हुण किन्ना जीणा है…असी ते मिटटी दे माधो बण गए हैं। अब तीन दिन बाबाजी का प्रवचन सुण के कुछ चैन मिलेगा।"

राजीव चौक उतरते ही मुझे लगा बाबाओं, गुरुओं की दरकार न होती गर बेचैन, बूढ़ी, बेवा माँओं को घर में सुकून मिल जाता। झुँझलाहट घुलने लगी थी, अभी-अभी सुनी बातों में…

इस छोटे और मामूली से किस्से ने एक गंभीर विषय की भूमिका का क़ाम किया। आखिर में अपने संस्मरण का सूत्र मैंने सीनियर सिटीज़न यानी समाज के बुजुर्ग वर्ग से जोड़ दिया। जिस पर बाद में क्लास के पटल पर खुली चर्चा चली। बुजुर्गों के प्रति संवेदनशील होने की कितनी दरकार है बदलती जीवनचर्या में।

"हमारे बुजुर्ग "अगले प्रोजेक्ट का विषय यही होगा—घोषणा करके मैं क्लास से बाहर निकल आई।

□

रामनवमी

दसवीं कक्षा में आज गणेश शंकर विद्यार्थी का निबंध 'धर्म की आड़' पढ़ाना है। अमूमन पाठ की भूमिका निर्माण के लिए पाँच मिनट की खुली चर्चा या वैचारिक आदान-प्रदान मेरी शिक्षण विधि में शामिल है।

कल रामनवमी थी, उसी को विषय का प्रस्थान बिंदु बनाकर छात्राओं से कुछ सवाल पूछे। छिटपुट उत्तर भी मिले।

"मिस, आप अपने विचार बताएँ।"

भई, मेरे विचार में इस बार रामनवमी को शहर में सुबह से शाम तक मोटरसाइकिलों पर ध्वजा लगाकर, सर पर लाल पटका बाँधे नौजवान 'जय श्रीराम' के नारे लगाते हुए जिस तरह गश्त लगा रहे थे, उसमें भक्तिरस तो कहीं नहीं था। बहरहाल एक-एक बाइक पर तीन-चार सवारों को लहरियाकट आता देख आमजन आशंकित हो रहे थे। शोभायात्रा ने भयंकर ट्रैफिक जाम लगा दिया। किसकी मजाल, जो इन पर कोई अंकुश लगा सके।

इन नौजवानों की पढ़ने-लिखने की उम्र है न कि नारेबाजी की। भक्ति करनी है तो किसी शांत कोने में बैठकर राम का ध्यान करें, राम के मर्यादित चरित्र का मनन करें। पर नहीं, लाउडस्पीकर पर कनफोड़ू गाने बज रहे हैं और मंदिरों के बाहर लंबी-लंबी कतारें। सबके हाथ में पारदर्शी पॉलीथिन और उनसे झाँकती फूल-धूप-दीप आदि पूजा सामग्री।

मैं काफी हैरान थी कि ये भक्त जो भगवान् के दर्शन के लिए खड़े हैं, उन्हें क्या लगता है भगवान् उनकी भक्ति से प्रसन्न होंगे, उन्हें मनोवांछित फल देंगे। उनके धीरज और आस्था को मैं सलाम करती हूँ, पर मुझे चिंता थी कि ये फूल-पत्ती मंदिर से फेंके जाने पर भीतर बाहर कितना कचरा फैलाएँगी। इतने सारे पॉलीथिन कितनी नालियों को जाम करेंगे, कितनी गायों के पेट में उतर जाएँगे।

आज मासूम, अनपढ़ और पढ़े-लिखे भी अपने-अपने धर्म पर तथाकथित संकट आने पर अचानक हिंदू या मुसलमान बन जाते हैं। पर हिंदू होना क्या है, मुसलमान किसे कहते हैं, कम लोग ही जान पाते हैं। गीता का संदेश क्या है··· कुरआन की आयतों का मर्म क्या है···जीवन का लक्ष्य क्या है···मानवता क्या है—जैसे विषयों से वे अनभिज्ञ हैं। रामनामी ओढ़ने या तस्बीह के दाने उलटने का नाम धर्म नहीं है। तीर्थ, व्रत, पुण्य सबाब के सच्चे मायने क्या होते हैं, राष्ट्रधर्म कैसे निभाया जाता है, सच्चा नागरिक बनना कितना ज़रूरी है, इन बातों पर कोई ध्यान नहीं देता। मन की श्रद्धा को कोई स्पीकर नहीं चाहिए, वो खामोशी से अपने ईश्वर तक पहुँच सकती है। ढिंढ़ोरा पीटकर हम सिर्फ और सिर्फ सड़क पर चलती एंबुलेंस, परीक्षा के लिए जाते किसी छात्र या ट्रेन पकड़ने जाते यात्री को संकट में डालते हैं।

हजारों मासूम और नादान लोगों को चंद धर्मांध पंडे-पुजारी या मौलवी अपना आसन ऊँचा करने के लिए कठपुतली बनाते हैं और अपने स्वार्थ के लिए नचाते हैं। इन धर्म के ठेकेदारों का मकसद देश और मानवता को खोखला करना है।

आज के नौजवानों को विवेकानंद के भाषणों को पढ़ना चाहिए, उनके आह्वान और राष्ट्रधर्म को जीवन में उतारना चाहिए। दुर्गा पूजा या रामनवमी पर अचानक सक्रिय हो जाने से न माया मिलेगी न राम।

मुझे नास्तिक समझने की भूल कोई न करे। मैं बेहद आस्तिक हूँ। मेरे रोम-रोम में राम बसे हैं और कण-कण में ईश्वर। मंदिरों में जाने से कतराती हूँ···डरती हूँ वहाँ फैली गंदगी, पंडे-पुजारियों की पृथुल काया और चमकते गालों से कहीं मेरी आस्था फीकी न पड़ जाए।

छात्राएँ मेरी बातों को तन्मय होकर सुन रही थीं।

"चलो, अब पढ़ते हैं पाठ 'धर्म की आड़'।"

छात्राएँ किताब खोलने लगीं।

□

परीक्षा क्लीन मिशन-1

आज स्कूल का पूरा परिसर परीक्षा केंद्र में बदल चुका था। मुख्य द्वार का बड़ा फाटक बंद था और उसमें बना छोटा द्वार खुला था। परीक्षार्थी एक-एक कर वहाँ से विद्यालय के प्रांगण में प्रवेश कर रहे थे। गेट के ऐन भीतर और बाहर पुलिस तैनात। बड़े फाटक के बाहर कुछ अभिभावकों का झुंड सीखचों के बाहर से भीतर जाते अपने नौजवान बच्चों को सतृष्ण नेत्रों से ताक रहा था। कोई लपककर पानी की बोतल तो कोई अन्य सामान पकड़ा रहा था।

हालाँकि यह सातवीं-आठवीं की स्कूली परीक्षा नहीं, बल्कि इंजीनियरिंग (जे.ई.ई.) की प्रवेश परीक्षा थी। फिर भी जिस देश में बच्चों से बड़ी माता-पिता की महत्त्वाकांक्षाएँ हों वहाँ की तो बात ही निराली है।

इस प्रवेश परीक्षा में मेरी ड्यूटी पहली मंज़िल पर थी। एक कमरे में छत्तीस विद्यार्थी और हम तीन इंविजिलेटर्स। प्रश्न-पत्र बाँट दिए गए। नजर घुमाई तो देखा एक लड़की, जिसके बाल खूब लंबे-घने थे, उसने अपने बालों को समेटकर बाईं ओर लटका रखा था और दाईं ओर झुककर लिख रही थी। अप्रैल का पहला हफ्ता पर गरमी पूरे शबाब पर, उमस का आलम ऐसा कि कमरे में चलते पाँच पंखे मौसम की मार के आगे घुटने टेक चुके थे। तिस पर इस लड़की के खुले बाल...देखनेवाले की आँख में पसीना आ जाए। मुझसे रहा न गया, टोक ही दिया—

"इतनी इम्पोर्टेंट परीक्षा, आपको यह बाल बाँधकर आना चाहिए था न! दिक्कत नहीं हो रही?"

"मैम, बाँधे हुए थे। नीचे खुलवा दिए गए।"

"ओह" मुझे खयाल आया कि इस बार नकल रोकने के लिए बेहद सख्त कदम उठाए गए हैं।

खिड़की से झाँककर देखा नीचे मेन गेट के पास लड़कियों की तलाशी के

लिए हरे परदों से घेरकर एक अस्थायी कमरा बना था—जैसे एयरपोर्ट, मॉल या सिनेप्लेक्सेस में होता है। लड़कों की तलाशी खुले में ली गई थी। इस बार एडमिट कार्ड के अलावा कुछ भी परीक्षा कक्ष में ले जाने की मनाही थी। अपने-अपने परीक्षा कक्ष में जाने के लिए तैयार पंक्तिबद्ध परीक्षार्थियों के सामने उनका क्लास रूम लिखकर बड़े-बड़े कार्टन रख दिए गए थे। वे अपना मोबाइल, पर्स, पानी की बोतल आदि उनमें रखते जा रहे थे। उन्हें बिल्कुल खाली हाथ अपने कमरे में प्रवेश करना था। जहाँ केंद्र की ओर से निरीक्षक उन्हें इस्तेमाल के लिए ब्लैक पेन बाँटनेवाले थे।

सरकार परीक्षा में नकल रोकने के लिए कितने उपाय कर रही है। मेरे विद्यालय में सब कुछ बेहद सुनियोजित और सुव्यवस्थित। बाद में अखबारों में कुछ तसवीरें देखीं, जहाँ बच्चों को जूते-मोज़े खुलवाकर परीक्षा दिलवाई गई। मुझे याद है, एक तसवीर में पुलिस प्रवेश परीक्षा के अभ्यर्थी बिना कमीज या कुरता पहने परीक्षा दे रहे हैं। यह सब बड़ा अशोभनीय-अमानवीय लगा था। मीडिया पर खूब हंगामा बरपा गया और मानवाधिकारों की दुहाई भी दी गई।

पर विद्यार्थियों की क्या बात है···तू डाल-डाल मैं पात-पात···नकल करने के नए-नए तरीके ईजाद करने में माहिर हैं···नहले पे दहला मारते रहते हैं, इसीलिए मेरे विद्यालय में शालीनता से लड़कियों के बाल खुलवाए गए, कहीं बालों की आड़ में कोई चिप तो नहीं छिपा रखी।

आखिर कुछेक की वजह से लाखों की फजीहत। फिलहाल मेरी परेशानी थी यह लंबे बालोंवाली लड़की।

ओफ, कितनी गरमी लग रही होगी, रह-रहकर लटें चेहरे को ढक रही हैं, कैसे एकाग्र होकर उत्तर लिख पाएगी। मैं परेशान मन से कमरे में गश्त लगा रही थी। तभी गौर किया, इस कमरे के छत्तीस परीक्षार्थियों में केवल पाँच लड़कियाँ हैं। उनमें एक और लंबे बालोंवाली लड़की नजर आई। उसका भी हाल-बेहाल। एक हाथ बालों को समेटने में व्यस्त तो दूसरा प्रश्न-पत्र में उलझा था।

दोनों की असुविधा मुझे बेचैन किए जा रही थी। मन-ही-मन खुद से वार्त्ता करने लगी।

यह कोई तरीका है, तलाशी लेने का···

पर भई, परीक्षा क्लीन मिशन तो निभाना है···

ओह, काश, हमारी युवा पीढ़ी कदाचारमुक्त परीक्षा के लिए कृतसंकल्प हो जाए तो ये बखेड़े न हों⋯

पर, फिलहाल इन लड़कियों की परेशानी कैसे दूर की जाए⋯कुछ करना होगा⋯

लपककर एक के पास जाती हूँ।

"बहुत परेशानी हो रही है न⋯" कहकर लड़की के लंबे बालों को हाथों में लपेटकर जूड़ा बनाती हूँ और टेबल पर रखी अपनी पेंसिल उसमें खोंस देती हूँ।

फिर पलटकर लंबे बालोंवाली दूसरी लड़की के साथ भी वही करती हूँ। इस बार मेरी साथी टीचर, जो मुझे अवाक् देखे जा रही थी, ने हाथ में पकड़ा पेन मुझे थमा दिया, उसके बालों में खोंसने के लिए।

दोनों लड़कियों के चेहरे पहले हैरान⋯फिर मुसकान और निश्चिंतता से दमक उठे।

मेरी सहयोगी टीचर का उत्सुकता भरा सवाल—भावना दी, यह बिना जूड़ा-पिन के आपने जूड़ा कैसे बनाया, मुझे भी सीखना है।

मेरे होंठों पर मुसकराहट चस्पाँ थी। बिना उत्तर दिए मैंने उन छात्राओं को फुसफुसाकर कहा, "परीक्षा के बाद यह पेन वापस कर देना।"

□

परीक्षा क्लीन मिशन-2

मेरी माँ का बहुत सुंदर नाम है—उत्तरा (वीर अभिमन्यु की पत्नी का नाम)। पर मेरे पिता जीवन भर माँ को 'देवी' कहकर पुकारते रहे। बिल्कुल पौराणिक पात्रों की तरह जैसे देवि सीते! देवि सुभद्रे!…संभवत: उन पर शास्त्रों के महान् ज्ञाता होने का यह प्रभाव रहा होगा।

बचपन में अच्छा लगता था उनका माँ को इतने सुंदर संबोधन से पुकारना। इस संबोधन को चरितार्थ करने में माँ ने जीवन लगा दिया। देवी यानी दैवी गुणों से संपन्न, वरदान देने वाली, सुखदायिनी, त्यागमयी, महान् विभूति। आज लगता है इन संबोधनों ने स्त्रियों की कितनी कंडीशनिंग कर दी। पुरुषों ने देवत्व लादकर उनसे सहज स्त्री बनने का अधिकार सदियों पहले ही छीन लिया।

आज इंजीनियरिंग (जे.ई.ई.) की प्रवेश परीक्षा में इंविजिलेशन के दौरान छात्रों द्वारा भरी गई शीट में उनकी माता के नाम के कॉलम में छत्तीस में से बाईस जगह चंदा देवी, पूनम देवी, सुनयना देवी, मंजू देवी, रूपम देवी, बिंदिया देवी, माधुरी देवी, मीरा देवी आदि की लंबी फहरिस्त अंकित थी।

यह देख मुझे खयाल आया कि मेरी माँ और आज की इस पीढ़ी के बीच चार दशकों का अंतर तो ज़रूर होगा। इस बीच हमने बहुत तरक्की की पर ज़्यादा औरतें देवी की सलीब से उतारी नहीं जा सकी हैं।

इतिहास की मानें…अखबार की सुर्खियों की…या आँखों देखी…जब-जब स्त्री ने देवत्व का चोला उतारना चाहा तब-तब उसे स्वेच्छाचारिणी, अहंकारिणी, अशिष्ट, निर्लज्ज, कलहिणी, दुश्चरित्रा आदि संज्ञाओं से नवाजा गया। किसी ने नहीं सोचा काम-क्रोध-लोभ-मोह जैसे विकार नैसर्गिक रूप से उसमें भी वैसे ही हैं, जैसे एक पुरुष में। उसमें भी इच्छाएँ जनमती हैं, उसे भी क्रोध आता है। गलतियाँ उससे भी हो सकती हैं।

आज स्त्री को देवी जैसा अलौकिक शब्द अपनी अस्मिता में जोड़ने की नादानी नहीं करनी चाहिए।

न वह देवी बने न दानवी बस मानवी बनना न छोड़े। मानवी बनकर परिवार, समाज और राष्ट्र के निर्माण में पुरुष को अपना उचित योगदान दे।

□

हैप्पीनेस

आज माखनलाल चतुर्वेदी की पिछले दिन शुरू की गई अधूरी कविता पूरी करनी थी—

मुझे तोड़ लेना वनमाली, उस पथ पर तुम देना फेंक…

नन्हे फूल की अभिलाषा महान् है। पर आज की पीढ़ी की चाहत क्या है— उन्हें टटोलने के ऐसे कई बहाने मुझे गाहे-बगाहे मिल ही जाते हैं।

पूछने पर मालूम हुआ कोई डॉक्टर बनना चाहता है, कोई इंजीनियर, कोई वकील तो कोई ब्यूटीक्वीन। एक राजनेता की नवासी नेता बनने की ख्वाहिशमंद है तो एक जिलाधीश की बेटी आई.ए.एस. बनने की तमन्ना रखती है। कोई टीचर नहीं बनना चाहता—जानकर हैरत नहीं हुई।

खैर, कविता का भावार्थ समझाया, प्रश्नों पर चर्चा खत्म की कि घंटी बज उठी। मैं अधूरे से खयालात लिये क्लास से रुखसत हो गई। अगले दिन पहली घंटी मॉरल साइंस। पाठ था—हैप्पीनेस। मेरी बाँछें खिल गईं। कल के अधूरे खयालात को पूरने का माकूल मौका।

कल की चर्चा का सूत्र उठाकर विषय प्रवेश किया। पूछने पर आज कुछ और बच्चों ने अपने जीवन का लक्ष्य बताया।

"मिस, मुझे पेंटर बनना है…"

"मुझे गायक…"

"मुझे आपकी तरह लेखक…"

बच्चों का खुलना अच्छा लगा। उनके लक्ष्य को पठनीय विषय 'खुशी' से जोड़ा। अधिकांश का जवाब था डॉक्टर, इंजीनियर, वकील या आई.ए.एस. बनकर खूब पैसा कमाएँगे और खुशी हासिल करेंगे। कितनी मासूम थी उनकी सोच जो सिर्फ पैसे की खनक में खुशी तलाश रही है और पैसा न होने को जीवन का सबसे बड़ा दुख मान रही थी।

उन्हें एक नन्हे बच्चे की कहानी सुनाई, जिसने बचपन में सबसे छिपकर मिट्टी में पैसे बो दिए थे। सोचा था पैसों का पेड़ उगेगा। रोज़ पानी डालता और खुश होता। दिन-रात बाट जोहने के बाद भी धरती से एक अंकुर न फूटा। आहत हो उठा, छिप-छिपकर खूब रोया और हिकारत से बोला—धरती, तुम बाँझ हो!

फिर भूल गया, जब पचास बरस का हो गया तो अनजाने ही अपने आँगन में सेम के बीज फेंक दिए, बारिश हुई और हजारों अंकुर फूट पड़े···सेम की असंख्य लड़ियाँ लहलहाने लगीं। अबकी वह बोला—

"आह धरती कितना देती है!" मैंने अंत में भेद खोला यह किस्सा सुमित्रानंदन पंत की कविता में मिलता है।

खामोशी से सुन रहे बच्चे रौ में बह गए। उनके मन की धारणाएँ धराशायी हो रही हैं। नए विचारों को रोपने के लिए मन की मिट्टी नर्म पड़ चुकी है। मैं कुछ नए प्रश्न पूछ बैठी—

"कौन-कौन माँ को चाय बनाकर पिलाता है?"

"मिस, मैं तो कभी-कभी रोटी भी बनाकर खिलाती हूँ," एक चहकी।

"अरे वाह, किस देश का नक्शा बनाती हो?" मैंने चुहल की। हँसी का फव्वारा फूट पड़ा।

"नो मिस, गोल गोल···" उसकी आँखें भी गोल-गोल नाचने लगीं।

अच्छा, कौन-कौन भगवान् की प्रार्थना करता है···कौन अपने जन्मदिन पर पार्टी की बजाय चैरिटी करता है···किनके लिए प्रतियोगिता में ईनाम जीतना सबसे बड़ी खुशी है··· किसे संगीत सुनकर परम खुशी मिलती है···किसके लिए दादाजी के साथ वक्त गुजारना सबसे सुखद है···वगैरह-वगैरह।

क्लास के हर कोने से चटपटे उत्तर मेरी ओर उछल-उछलकर आ रहे थे। इस जीवंत वार्त्तालाप के बाद निष्कर्षत: मैंने वैचारिक समानता के आधार पर छात्राओं को चार समूहों में बाँट दिया और खुशियों के चार प्रकार बताए—

शारीरिक, बौद्धिक, सांवेगिक और आत्मिक। हर श्रेणी की खुशी की उम्र उत्तरोत्तर ज़्यादा है। असली खुशी आत्मिक है, जो ताउम्र हमें संतोष ही नहीं तृप्ति देती है।

छात्राएँ समझ गईं कि उन्हें चॉकलेट खाने, सुंदर कपड़े पहनने जैसी क्षणिक खुशियों से ऊपर उठकर बुज़ुर्गों की सेवा, त्याग, देशप्रेम, ईश्वर से तादात्म्य जैसी

उत्कृष्ट खुशियों को जीवन का उद्देश्य बनाना है।

मैंने विषय का उपसंहार करते हुए छात्राओं को होमवर्क दिया—

"अब सप्ताह भर सबको रोज़ आत्मिक खुशी पाने की छोटी-छोटी कोशिश करनी है और अगली क्लास में कोई एक घटना शेयर करनी है।"

"श्योर मिस" छात्राएँ एक साथ कह उठीं।

"पर मिस, आपको भी अपना अनुभव सुनाना है," बातूनी प्रत्यक्षा ने जोड़ा।

"ठीक है बाबा, एक नहीं दस सुनाऊँगी।" कहकर मैंने जान छुड़ाई।

□

लाल आसमान

आज छात्राएँ मेरे दिए होमवर्क पर चर्चा करनेवाली थीं। यानी गत सप्ताह किसने कैसे हैप्पीनेस यानी खुशी पाई। उत्साह से लबरेज क्लास में "पहले मैं···पहले मैं···" का स्वर गूँज उठा।

"हाँ, मैं ज़रूर सुनूँगी। पर पहले कह दूँ कि खुशी की जगह हम 'सुख' शब्द का प्रयोग करेंगे, क्योंकि खुशी तो आइसक्रीम खाने में भी मिलती है, पर तब तक जब तक वह हमारे मुँह में पिघल नहीं जाती, किंतु सुख यानी सुकून, यानी अपूर्व शांति, जिसमें भीगकर तन-मन लंबे समय तक असीम संतोष का अनुभव करे।

सबने अपने छोटे-छोटे सुखद अनुभव सुनाए। मसलन एक छोटे बच्चे को सड़क पार कराई, एक स्ट्रीट डॉग की जख्मी टाँग पर सॉफ्रामाइसिन लगाई, अपनी भूखी सहेली के साथ टिफिन शेयर किया, दफ्तर से लौटे पापा के लिए चाय बनाई, संडे को घर की झाड़-पोंछ की, आदि-आदि अनंत किस्से उनकी पोटली में थे।

पीरियड समाप्त हो गया, पर मुझ पर उनका बकाया था। मेरे अनुभव सुने बिना वे मुझे कहाँ बख्शनेवाली थीं। फिर मुझे तो एक नहीं कई अनुभव सुनाने थे।

संयोग से अगला कालांश हिंदी मेरा ही था। आखिर मुझे हिंदी के पीरियड की बलि देनी पड़ी

और मैंने शुरू किया अपना सुख नंबर एक, जो जुड़ा था मेरी एक रेल यात्रा से—

राजधानी साढ़े चार घंटे लेट थी, यानी सायं सवा पाँच के बदले अब रात 9.50 बजे खुलेगी। खैर घर से ही हिसाब से निकली और नियत समय से आधा घंटे पहले स्टेशन पर। प्लेटफॉर्म पर सिर-ही-सिर दिख रहे थे। मानो कुंभ का मेला लगा हो। सीढ़ियाँ उतरने की हिम्मत नहीं हुई।

"माँ, यहीं रुकते हैं," बेटे की बात मान मेरे पाँव वहीं ठिठक गए।

मगध एक्सप्रेस रदद्···स्वतंत्रता सेनानी रदद्···श्रमजीवी रात बारह बजे खुलेगी···

कितनी ही घोषणाएँ उद्घोषिका संयत स्वर में कर रही थी। उसकी सेहत पर क्या फर्क पड़ता, कोई ट्रेन आए या जाए, विलंब से जाए या रदद् हो जाए, उसकी बला से···पर मजाल है जो बंदी राजधानी की कोई सूचना दे दे।

हम प्लेटफॉर्म नंबर तेरह के ऊपर ब्रिज पर दर्जनों यात्रियों के साथ खड़े आतुरता से प्रतीक्षा कर रहे थे। क्या जाने कहीं दूसरे प्लेटफॉर्म पर आने की घोषणा हो जाए या घंटा दो घंटा और देरी हो···.इतनी व्यग्रता पौराणिक कथाओं में लोगों ने आकाशवाणी की नहीं की होगी, जितनी हम लोग कर रहे थे।

सीढ़ियों पर बैठना मना है, नियम तोड़नेवालों पर पाँच सौ रुपए जुर्माना—पास लगे रेलवे के बोर्ड को अँगूठा दिखाते हुए सीढ़ियों के कोनों पर एक-दो करके कितने ही लोग बैठ गए थे।

ओफ, यही इंडिया है···लोगों को जरा भी सेंस नहीं, नियम तोड़ना तो इनका शौक है—जैसे विचार उस वक्त मुझे बेहद बेहूदा लग रहे थे।

बिल्कुल सही है उनका, दुखती पिंडलियों को आराम देने के लिए बैठना। अब पहले जैसे बिस्तरबंद या वी.आई.पी. के हार्ड सूटकेस लेकर तो यात्री चलते नहीं कि ज़रूरत पड़ी और टिक गए। अब तो आदमी की हड्डियाँ भी सॉफ्ट और सूटकेस बैग भी सॉफ्ट। बेचारे दो-ढाई घंटे पहले से अपने घर से निकले हैं, बस-कार-मेट्रो के रास्ते सड़कों के ट्रेफिक जाम से दो-चार होते हुए सामान ढोते-खींचते कितने ही सिक्योरिटी-सीढ़ी-एस्केलेटर से गुजरकर अपने मुकाम पर पहुँचे हैं कि आते ही गाड़ी में अपनी बर्थ पर पसर जाएँगे और संघर्ष के साथी अटेंडेंट भी आधी रात से पहले सही सलामत अपने घर पहुँच जाएँगे। पर स्थिति 'प्रभु' (तत्कालीन रेल मंत्री सुरेश प्रभु) भरोसे थी। पटना से फ़ोन-पर-फ़ोन आ रहे थे कि गाड़ी आई या नहीं आई, बैठे या नहीं बैठे।

आखिर इंतज़ार खत्म हुआ और राजधानी घोषणा के साथ-साथ हौले-हौले प्लेटफॉर्म पर मुरादों की बरात की तरह प्रकट हुई। बेटे की अगुआई में मैं बिल्कुल ए सिक्स के सामने खड़ी थी वरना दर्जनों बार अकेले सफर करने के बावजूद मुझे तो हाल तक अंदाजा भी नहीं था कि ऊपर लाल चमकते नंबरों में कोच संख्या फ्लैश करती रहती है। अमूमन लोग जब इन निर्देशों, उद्घोषणाओं पर ध्यान

जमाए रहते, मेरे भीतर कोई कविता खदबदाती रहती। पर जब-जब ट्रेन का कोच आज्ञाकारी सेवक की तरह ऐन मेरे सामने आकर रुकता मैं साथ खड़े और छोड़ने आए पति की ओर प्रशंसा से देखती और कहती—अरे वाह, तुम्हें कैसे पता मेरा डिब्बा यही आकर रुकेगा।

"वह जो ऊपर देख रही हो न···" वे इशारा करते और ईमानदारी से सारा श्रेय रेलवे विभाग द्वारा बनाए गए उन निशानों को देते, पर मैंने कभी इन बेसिक चीजों पर ध्यान नहीं दिया और जीवन भर अपने आत्मीयों पर लदी रही।

खैर ट्रेन में सवार होने और सामान स्थिर करने में पाँच-सात मिनट लग गए। मैंने अब बेटे को लौट जाने को कहा। पाँव छूते बेटे को गले लगाया, प्यार किया और विदा···पर अगले बीस मिनट वह प्लेटफॉर्म पर खड़ा रहा जब तक ट्रेन ने सरकना शुरू नहीं किया। हम भारतीयों की यही बात, 'बी प्रैक्टिकल न होने की' 'भावुकता न छोड़ने की' जानेवाले से ज़्यादा संख्या में छोड़नेवालो की, फलाँ-फलाँ जिद के कारण ही हिंदुस्तानी प्लेटफॉर्म्स की तसवीर विदेशों से अलहदा है। पर क्या कहें, जनाब अब आप इसे बुरी आदत मानें, हमारी तो यही अदा है और इसे हम बड़े फख्र से अपनी सांस्कृतिक ठसक भी समझते हैं। अब कम-से-कम मेरी पीढ़ी तक तो इसे बरकरार रहने ही दें। हमे यूँ भी खाली-खाली प्लेटफॉर्म देखकर पेट में हौल सी उठने लगती है।

बहरहाल थके-हारे सभी यात्री अपनी जगह पर सहज पोजिशन अख्तियार करने लगे। मुझे अकेले सफर में अपनी पसंदीदा साइड लोअर बर्थ मिली थी। रिलैक्स करने का सबसे अच्छा काम 'लिखना' यहाँ मजे से हो जाता है। वरना चार यात्रियों के बीच एक बार मुझे लगातार कुछ लिखते देखकर एक बेचैन सहयात्री पूछ बैठे थे –

"मैडम, आप इतनी देर से राम-राम लिख रही हैं क्या?"

···पर यह क्या, मेरी बर्थ का स्विच कुछ गड़बड़ था। ऑन करते ही नन्हे चाँद सा दूधिया बल्ब लुक-छिप, लुक-छिप करने लगा। मैंने अटेंडेंट को बुलाया और आग्रह किया कि मुझे बहुत सारा पढ़ने-लिखने का काम करना है, सो इसे ठीक कराइए।

"इलेक्ट्रीशियन को बुलाते हैं मैडम" कहकर वह चला गया।

ट्रेन चली ही थी कि मेरी बर्थ से सटे दरवाजे के बाहर से आती ऊँची आवाज़

ने सभी यात्रियों का ध्यान खींचा। व्यग्र स्वर सुनाई पड़ा—

"सुनिए, यहाँ अटेंडेंट कौन हैं?" एक महीन स्त्री स्वर।

"क्या हुआ?"

"अरे, किसी को भेजिए, वहाँ पेशेंट हैं···" स्वर में व्यग्रता बढ़ गई थी।

"······"

"अरे आप समझ नहीं रहे हैं वो गिर गई हैं··." झुँझलाहट का पुट।

"हाँ, तो भेजते हैं दू मिनट में"

बेपरवाह उत्तर ने फरियादी को उग्र बना दिया था—

"ये क्या मजाक है, यह राजधानी है या···"

इससे ज़्यादा देर तो मैं कभी नहीं रुकी हस्तक्षेप के लिए। कुछ लोग इसे दूसरे के फटे में टाँग अड़ाना कहते हैं, पर मैं इसे अपनी मानवीय भूमिका समझती हूँ।

मैं झटके से उठी और वाशरूम के बाहर अनुनय और बेरुखी के इस द्वंद्व में कूद पड़ी, बिफर पड़नेवाली एक बीस-बाईस बरस की लड़की थी। मैंने आव देखा न ताव रेलवे स्टाफ की आँखों-में-आँखें डालकर धीमे और सख्त स्वर में कहा—

"आप जाइए तुरंत इनके साथ।"

"पर मैडम, हमरा ड्यूटी ई कोच में है···"

"उससे क्या, आप जाइए, वहाँ कुछ इमरजेंसी है।"

उत्तर की प्रतीक्षा किए बिना, "चलिए मैं चलती हूँ···" कहकर मैं लड़की के साथ हो ली। फिर पलटकर—

"···और कंप्लेन बुक तैयार रखिएगा" कहकर अटेंडेंट को तरेरती मैं उस लड़की के पीछे बी टू की ओर लपकी।

"जाइए मैडम, आप बैठिए हम जाते हैं।" कंप्लेन बुक का असर था या रेलवे स्टाफ की आत्मा जाग उठी थी, नहीं जानती, पर पीछे उस वर्दीधारी को आता देख मैं रुक गई। अब वही स्टाफ उस पीड़िता के साथ जाने को तैयार था।

"थैंक यू भैया" कहकर मैं लौट आई।

लगभग बीस मिनट बाद वही लड़की मेरे कोच से दो-तीन छोटे पैकेट्स हाथ में लिये गुजरी। जाते-जाते मधुर मुसकान का एक टुकड़ा मेरी ओर उछाला, जिसे खुदा की नेमत समझ मैंने झट से लपक लिया। उसके पीछे दो-तीन लगेज उठाकर दो रेलवे स्टाफ चल रहे थे और सबसे पीछे दो बुजुर्ग, जिनमें एक को वॉकर की

मदद से एक अन्य रेलवे स्टाफ धीरे-धीरे सहारा देकर ला रहा था।

शायद वे दादा-दादी और पोती गाड़ी छूटते-छूटते सामने पड़े किसी दूसरे कोच में चढ़ गए थे। पर सामान की तादाद और बूढ़े कदमों की सुस्त गति ने युवा पोती को पस्त कर दिया था। अब रेलवे स्टाफ की फौज को उन्हें मंज़िल तक पहुँचाने का भावभीना नज़ारा देख मैं रोमांचित हो गई।

मन ने चुपचाप कहा, 'ऊपरवाले, इतनी रहमत''ऐसा अपूर्व सुख बिना कुछ खर्च किए!'

मजे की बात—राजधानी रात सवा दस बजे खुली है और अभी बारह घंटे बाद सुबह के दस बजे भी कानपुर तक आधा सफर तय नहीं कर पाई है। कल रात का सुख कितना काम आया। सुबह उठने के बाद कितना अखबार पढ़ती, आखिर इसे कलमबद्ध कर डाला। कहते हैं सुख बाँटने से बढ़ता है।

और लीजिए सुन रही हूँ—कानपुर आ गया। पटना भी आ ही जाएगा।

तब तक शायद कोई और सुख मेरे आस-पास मुझे मिल जाए परवरदिगार!

बेसाख्ता सर आसमान की ओर उठ गया।

किंतु धत्''परवरदिगार और मेरे बीच बंद डिब्बे की छत आ गई'' निगाहें उस लाल आसमान में अटक गईं थीं।

□

मैडम ऑटोग्राफ!

साठ किशोर बच्चियों की निगाहें मुझ पर टिकी हैं और मैं अपना वादा पूरा करने की राह पर उनसे मुखातिब।

"मिस, दूसरा सुखद अनुभव?"

मैं पिंजरे में कैद बुलबुल सी गाने को विवश। गाना तो सपने में भी कभी नहीं गाया पर घंटों पढ़ा सकती हूँ। कोई न मिला तो पेड़ को ही संबोधित कर पढ़ाने का सुख पा लूँगी।

सुख, आखिर क्या बला है यह सुख? बढ़िया खाना, शानदार कपड़े, महँगी गाड़ी, ऊँचा पद, शोहरत···औरों का नहीं जानती पर मेरे लिए तो बिना कुछ खर्च और मशक्कत किए छोटे-छोटे नन्हे-मुन्ने सुख पानी के बुलबुलों की तरह फूटते रहते हैं या कुकुरमुत्तों की तरह उगते रहते हैं, ज़िंदगी की रहगुजर पर आजू-बाजू जब तब अनायास···.

परसों 'विश्व पुस्तक मेला' गई। सुबह पाँच बजे से ही मेघों का अभिषेक जारी था। टिप-टिप बरखा ने दिल्ली की सड़कों को नहला-धुलाकर मेरी अगवानी के लिए तैयार कर दिया था। पूस की सुबह ने यादों की लुटिया लुढ़का दी और अतीत के गोमुख से स्कूली दिनों के अहसास बह निकले। जब ऐसी ही ठंड में भोरे-भोरे मैं हाई जंप के अभ्यास के लिए स्कूल जाती थी···.और फिर सरसराती बस की खिड़की से तीन सालों तक इसी प्रगति मैदान को कितनी शिद्दत से निहारा करती, अपने कॉलेज लेडी श्रीराम जाते हुए। कितनी ही बार क्लासेस बंक करके सहेलियों के साथ यहाँ के शाकुंतलम थिएटर में एक-से-एक ओल्ड क्लासिक फिल्में देखी हैं।

बहरहाल प्रगति मैदान के गेट नंबर सात पर उतरी। सामने विशाल होर्डिंग पुस्तक प्रेमियों के लिए पलक पाँवड़े बिछाए बैठा नहीं खड़ा था। मैंने टिकट काउंटर

की दिशा में कदम बढ़ाया। अच्छा खासा बंद कमरा था। तीन-चार काउंटर और दूर तक लंबी सर्पीली लाइनें। मैंने एक लाइन का रुख किया। लगभग दस मिनट का धैर्य और टिकट कर्मचारियों की मुस्तैदी से काउंटर के करीब पहुँच गई। तभी आगे कुछ बाता-बाती होने लगी। सबसे पहला व्यक्ति मँझोले कद का दुबला-पतला नौजवान काउंटर के भीतर बैठे टिकट विक्रेता से डपट खा रहा था, उसके प्रतिवाद से माजरा समझ में आया। उसकी धीमी आवाज़ सुनाई दी—

"अरे भाई साहब! मैं क्या करूँ, आप मेरा कार्ड एक्सेप्ट नहीं कर रहे और मेरे पास सिर्फ चालीस रुपए हैं।"

"हाँ, तो हम क्या करें, एक टिकट ले लो"

"पर मुझे तो दो टिकट चाहिए न"

"अरे, हटो भई! हमें तो लेने दो"—उसके पीछे और मेरे आगेवाले सज्जनों में से एक झुँझलाकर बोले। दो-तीन जन इस आकस्मिक वार्त्ता के गवाह बने शांति से लाइन में खड़े रहे। एक खूबसूरत तरुणी के माथे पर इस बक-झक ने झीनी सलवटें ज़रूर डाल दी थीं।

न जाने मुझे क्या सूझा, अपने बैग की आउटर पॉकेट में हाथ डाला और दस-दस के दो नोट निकाले, तनिक उचककर आगेवाले चार-पाँच लोगों को लाँघता मेरा हाथ बेतकल्लुफी से पहले नंबर पर खड़े नौजवान के कंधे तक जा पहुँचा। वह पलटा···

"लीजिए" मेरे होंठों से फूटा।

वो भौंचक···

"ले लीजिए, प्लीज!"

"नहीं मैम"

"अरे आप अच्छे काम के लिए आए हैं···" मैंने साधिकार कुछ आदेशात्मक स्वर में कहा।

उसने मेरे अनुरोध का मान रखा और मेरी ओर एक मुसकराहट फेंककर हाथ में टिकट थामे चला गया। बारी आने पर मैंने भी टिकट खरीदा और मुख्य द्वार की ओर बढ़ चली।

पुस्तक मेले में जाने का मुहूर्त शुभ सा हो गया लगता था। जैसे एक अच्छी सी शुरुआत या कोई नफेदार व्यापार···कदमों को पंख लग गए थे। लगा जैसे

बीस रुपए में बीस हजार की लॉटरी लग गई। मैंने आसमान की ओर देखा और सोचा—ऐ खुदा! कितना सस्ता रेट लगा रखा है तूने सुख का।

इसी पुलक में आगे बढ़ी। मुख्य द्वार के बाद पुस्तक मेले में जाने से पहले सिक्योरिटी से गुजरना था। मैं आगे बढ़ती कि पीछे से एक सवाल किसी ने मारा—

"मैडम! आप राइटर हो क्या?"

मैं हतप्रभ, यह सवाल था या जवाब और पूछनेवाला जिज्ञासु था या ज्योतिषी।

"जी।" मेरा संक्षिप्त उत्तर।

"तभी तो…"

"जी?" अब मेरे जी की पंक्चुएशन यानी सुर बदल चुका था।

"वो, आपको देखा… वहाँ…टिकट काउंटर पर…"

ओह तो बरखुरदार वहाँ मौजूद थे, पर समझ नहीं पाई कि कौन सी इक्वेशन या फॉर्मूला बैठाया कि मेरे भीतर के अमूर्त लेखक को महाशय पहचान गए।

वे साठ बरस के एक जिज्ञासु निकले, जिनकी भाषा और लहजे से मैंने पकड़ लिया कि ठेठ हरियाणवी थे। साथ ही एक सजग पाठक भी, जो अब लिखने के लिए कमर कसकर तैयार थे और बड़े न सही मेरे जैसे अदना लेखकों को व्याघ्र दृष्टि से खोजते रहते थे। मुझे उनकी सीखने की ललक अच्छी लगी। मेरा नाम, मेरी पुस्तकें और प्रकाशक के बाबत पूछने लगे।

"बुरा न मानें तो अपना मेल आई.डी. दे दें। आपको अपना लिखा भेजना चाहता हूँ।"

भला मैं बुरा क्यूँ मानने लगी। मेरे स्तर के लेखकों की अभी ठसक दिखाने की औकात नहीं बनी है। यूँ भी कुछ नौसिखिया कवि आजकल अपनी कविताओं की पांडुलिपि मुझे प्रतिक्रिया के लिए दे जाते हैं, जैसे मैंने कभी विद्वान् कवि अरुण कमल जी को दी थी। एक ऐसे ही कवि की अनगढ़ रचनाएँ मैंने 'कच्ची' कहकर विनम्रता से लौटा दी थीं, फिर एक दिन उन्हें मंच पर माइक तोड़ कविता पाठ करते देख अपनी मूल्यांकन सामर्थ्य पर शक हुआ था। खैर मैंने इन महाशय को मेल आई.डी. दी और शुभकामनाएँ देकर आगे बढ़ गई।

एक घंटा इधर-उधर, लेखक-मंच और कुछ एक स्टाल घूमकर राजकमल पहुँची। आमोद, अलिंद और श्रुति से मुलाकात हुई। श्रुति के साथ इलायची वाली गरम चाय सुड़क रही थी कि वही महाशय दिखे।

"मैडम, आपकी किताब ढूँढ़ रहा हूँ···"

अब मैं तनिक संकोच से भर गई। मैंने आमोद जी को इशारा किया। थोड़ी देर में वे सज्जन मेरी किताब 'खुली छतरी' हाथ में थामे आए और बोले—

"मैडम ऑटोग्राफ"

मैंने अभी-अभी उनका नाम जाना और लिखा—सुधी पाठक श्री कर्मवीर सिंह को, शुभकामनाओं सहित।

आज सुख के साथ-साथ मेरी दस प्रतिशत रॉयल्टी के पच्चीस रुपए पक्के! 'खुली छतरी' का दाम दो सौ पचास रुपए जो है!

□

धूप सी हँसी

सुख श्रृंखला की कड़ी छात्राओं को खूब भा रही थी। कहानी की तरह सुनने का मजा, फिर दिलचस्प चर्चा। बताओ इसका संदेश क्या है···मेरी जगह आप होते तो क्या करते···और क्या विकल्प हो सकता था सामनेवाले की मदद का···किस्से की कौन सी बात मन को अच्छी लगी और क्यों? पीरियड के अंतिम कुछ मिनट कक्षा की जीवंतता चरम पर होती और घंटी बजने के साथ ही उनकी स्वरलहरियों को विराम लगता।

आज सुख नंबर 3—

दिल्ली जाओ और मेट्रो न चढ़ो, हो नहीं सकता। डिब्बों में चित्र-विचित्र किरदार पाए जाते हैं···कुछ खड़े, कुछ बैठे।

मेट्रो में चढ़ते ही यात्री गिद्ध दृष्टि और बाघ प्रवृत्ति से सीट के शिकार में जुट जाते हैं। संयोग से उस दिन बेटी के साथ जनकपुरी से द्वारका जाते हुए कई जगह खाली सीट दिखाई दीं। किंतु हमें दो सीटें एक साथ दरकार थीं, ताकि माँ-बेटी की निर्बाध गपोष्टि संपन्न हो सके।

तेईस-चौबीस बरस की एक दुबली-पतली लड़की बगल की सीट पर एक बड़ा सा पॉलीबैग रखे बैठी थी। खोई-खोई सहमी-सहमी अन्यमनस्क सी। पैरों के पास एक एयरबेग पड़ा था। जिसकी देह को कुव्वत से ज़्यादा ठूँसे गए सामान ने आड़ा तिरछा आकार दे दिया था। उसके बाएँ की खाली सीट ने आमंत्रित किया।

"इस बैग को जरा नीचे रख लें।" बैठने का उपक्रम करते हुए मेरा सहज स्वर।

उसने दोनों हाथों से पॉलीबैग को मेट्रो के फर्श पर रख दिया। निगाह पड़ी तो देखा उसमें मोटी-मोटी किताबें भरी थीं। सरस्वती की जगह पैरों में···! कुछ अच्छा सा नहीं लगा। पर अब बेटी के लिए भी जगह बन गई थी। मैं किताबों के बैग से दूर पैरों को समेटकर बैठ गई।

अचानक महसूस किया कि अजनबी लड़की रो रही है। मेरा माथा ठनका। घर से झगड़कर आई है··· किसी की मुर्दनी में जा रही है··· ऑफिस में बॉस से डाँट पड़ी है या ब्रेकअप··· अंतिम दोनों अनुमान उसकी सीधी-सादी छवि से सहज ही खारिज हो गए। न तो वो नौकरीपेशा लड़कियों जैसी चुस्त-दुरुस्त लग रही थी, न ही गर्ल फ्रेंड मैटेरियल बल्कि खालिस बहनजी ब्रांड भोली-भाली कस्बाई लड़की दिख रही थी। जायज़ा लेने के लिए गरदन घुमाई, अब लड़की हाथों से मुँह ढाँपकर सुबक उठी थी। उसके कंधे काँप रहे थे।

मैं विचलित सी हो उठी। सामने की लंबी सीट पर बैठे सात यात्री भी आँखें फाड़कर उसे घूरने लगे। कइयों की निगाह मेरी निगाह से उलझी। उनकी आँखों ने मेरी आतुरता को भाँप लिया, पर वे शांत बने रहे। तभी अपनी बाँह पर बेटी के हाथ का दबाब महसूस किया। बिना कुछ कहे उसने मेरी अधीरता पर लगाम डालने की कोशिश की। मैंने उसकी आँखों में देखा।

"नहीं मम्मा, शांत···" उसकी आँखों की भाषा मुझे तरेर रही थी। पर मैं बावरी झूठे आँसुओं पर भी पिघल जाती हूँ, फिर यहाँ तो मामला बावजह मालूम होता था।

"क्या हुआ, आप क्यों रो रही हैं?" आखिर सवाल की पतवार थामे मैं कूद ही पड़ी, इस अनजान डगर पर। सुनते ही लड़की फूट पड़ी।

"मम्मा!···" बेटी ने फिर से निरपेक्ष रहने को उकसाया। उसकी संवेदनाओं पर महानगरीय संस्कृति का वर्क चढ़ना स्वाभाविक है।

"अरे बेटा, कहीं यह किसी हताशा में सुसाइड करने तो नहीं जा रही!"

मैं फुसफुसाई और अगले ही पल निस्संकोच लड़की की पीठ के पीछे से उसके कंधे पर सहानुभूति से हाथ रखा। कुछ पूछती उसके पहले ही वह मेरी ओर झुककर गले से लिपट गई। कुछ पल रुदन चलता रहा। अब यह नज़ारा सब देख रहे थे।

"दीदी, मैं पहली बार घर से जा रही हूँ।"

"कहाँ?"

"ट्रेनिंग पर"

"किसकी ट्रेनिंग ?

"कॉन्स्टेबल की"

"अरे वाह, तब तो तुम कॅरियर बनाने जा रही हो, इसमे रोना क्या?" मैं

आश्वस्त हुई, पास बैठी बेटी को भी इत्मीनान हुआ।

"पर दीदी, बहुत डर लग रहा है, मैं कभी घर से नहीं निकली।" वह अभी भी रो रही थी।

"अरे बेटा, डर कैसा···जब वरदी पहनकर निकलोगी तो सड़क पर लोग तुमसे डरेंगे···"

सुनकर मूसलधार बारिश में धूप सी हँसी उसके मुख पर खिल उठी।

मुझे अच्छा लगा। तमाशबीन यात्री अब भी हमारी ओर देख रहे थे। उनकी आँखों की उत्सुकता अब शांत हो चुकी थी।

उसके बाद अपनी सारी टीचरी और लेखकीय क्षमता का प्रयोग करते हुए मैंने उसे पंछी की उड़ान से लेकर, कुशल तैराक तक के शुरुआती संघर्ष और बाद की सफलताओं का उदाहरण देते हुए मेट्रो में ही इस एकमात्र छात्रा के साथ क्लास लगाई।

"आंटी, थैंक यू" मुझे हँसी आ गई। उसका दीदी का संबोधन मेरे भारी-भरकम लेक्चर से आंटी में बदल चुका था।

उससे पता चला कि हरियाणा की इस बाला को गाँव के स्कूल में दसवीं तक पढ़कर पढ़ाई छोड़नी पड़ी। छह साल के बाद गाँव के पास स्कूल खुलने पर बारहवीं की परीक्षा दी। पास हुई और बिना कोचिंग के कॉन्स्टेबल की परीक्षा की तैयारी की। उसमें भी सफल हुई।

"सीमा! तुम तो फाइटर हो!" मैंने उसका हाथ अपने हाथ में लेकर कहा।

उसका स्टेशन आ चुका था। उतरने से पहले उसने आत्मीयता से निस्संकोच गले लगकर विदा ली, जैसे मेरी कोई रिश्तेदार हो। मैंने उसे ऑल द बेस्ट कहा।

तभी मेरे फ़ोन पर एक कॉल वाइब्रेट करने लगी। मैं कॉल देखने लगी कि बेटी ने मेट्रो के बाहर देखने का इशारा किया। मैंने देखा प्लेटफॉर्म पर खड़ी मेरी अजनबी रिश्तेदार ओस सी धुली-धुली मुसकान के साथ मुझे हाथ हिलाकर बाय कर रही थी।

कुछ देर पहले के उसके सुबकते चेहरे की मुसकान ने मुझे अक्षय सुख से भर दिया। मैंने भी हाथ हिला दिया।

"मम्मा आप भी न···" बेटी हँसते हुए बोली।

□

मुनिया

बेहद उदास था वह दिन। गेट में घुसते ही माहौल में मातमी धुंध···मनहूस सी गंध घुली थी। हर रोज़ रग-रग में जोश जगाने वाली मिट्टी की जादुई खुशबू नदारद थी, चप्पा-चप्पा साँस रोके कुछ इस तरह मेरी राह देख रहा था, जैसे जनाज़ा उठने से ऐन पहले आखरी अज़ीज़ का इंतज़ार किया जाता है।

अर्धवार्षिक परीक्षाएँ चल रही थीं। इन दिनों प्रार्थना सभा से पहले आम दिनों की तरह बच्चों की उमंग भरी चहल-पहल की बजाय नज़ारा कुछ अलग होता है। बच्चे किताबें खोले चहल-कदमी करते हुए पढ़ते, कुछ डिस्कस करते दिखाई देते हैं। पर उस दिन न किताबें खुली थीं, न शोर, न सुगबुगाहट। कुछ तो था, जिसकी वजह से ठहरे पानी सी सुबह ने स्कूल कैंपस के पूरे परिदृश्य को स्टिल फोटोग्राफ में बदल दिया था। स्टाफ रूम पहुँचते ही भेद खुला कि बिजली गिरी है···बादल फटा है···अनर्थ हुआ है। बारह बरस की बच्ची जीवन से हार गई।

आज उसका फ़िज़िक्स का पेपर है, देर रात तक पढ़ती रही, सुबह देखा तो कमरे में मर्मांतक दृश्य था।

जो खबर आग की तरह स्कूल में फैल चुकी थी, उसकी असेंबली में घोषणा हुई। परंपरा के अनुसार स्कूल के हजारों बच्चों ने सातवीं कक्षा की उस बच्ची की आत्मा की शांति के लिए प्रार्थना की—

फादर, सी योर चिल्ड्रेन बैंडिंग एट योर थ्रोन···

प्रार्थना के बाद उसकी कक्षा के कुछ बच्चे सुबक उठे, फिर तो पूरी क्लास फफककर रोने लगी। शिक्षकों की आँखें भी नम थीं। किसी तरह बच्चों को शांत कर परीक्षा कक्षों में भेजा गया। बेहद घुटन भरा था वो दिन। वक्त के परों पर आकस्मिक दुख का भारी बोझ आ पड़ा था, पल-पल घिसट रहा था। स्टाफरूम की घड़ी में सुइयाँ एक नहीं बजा पा रही थीं। टी ब्रेक में भी आज किसी ने किसी से

बात नहीं की। यह क्या हो गया, क्यों हुआ और कैसे—किसी को जानने की उत्कंठा नहीं थी। बिना जाने ही सब हतप्रभ थे सन्न थे। बहुतों की उस उम्र की बेटियाँ थीं। वे तो लगभग आतंकित थे। बहरहाल एक सज़ा की तरह वो दिन काटकर सब रुखसत हुए। अगले दिन हौले हौले इस अनहोनी के पीछे की धुंधली तस्वीरें उजागर हुईं। सभ्य समाज मे ऐसी घटनाओं की छिछालेदारी नहीं की जाती फलतः सच प्रायः दबा ही रह जाता है।

परीक्षा समाप्त होने के चार दिन बाद अगले सत्र के लिए विद्यालय खुल गया। टीचर्स पेपर जाँचने में व्यस्त थीं और बच्चों पर प्राचार्य के निर्देशन में आगामी 'शिक्षक दिवस' की तैयारियों का दायित्व था। पर इस बार बच्चों में उत्साह की कमी नजर आई। मुनिया (काल्पनिक नाम) की आत्महत्या को लेकर बच्चे बहुत विचलित थे।

मैंने मॉरल साइंस की कक्षा में उन्हें भावनात्मक मजबूती देने के लिए जानबूझकर 'बचपन' विषय छेड़ा और अपने-अपने डेस्क पर एक-दूसरे को बचपन का कोई मज़ेदार किस्सा सुनाने को कहा। दस मिनट बाद किन्हीं पाँच सबसे दिलचस्प किस्सों को कक्षा के फलक पर सुनाने का आदेश दिया। उदास छात्राओं का जोश और उल्लास लौट आया था। तभी एक छात्रा—

"मिस, अब आप अपने बचपन की कोई मज़ेदार घटना सुनाइए।"

तभी घंटी बज उठी। "ओह नो!…" कहती छात्राओं के माथे पर बल पड़ गए।

"मिस, अगला पीरियड आप ले लीजिए, हिस्ट्री मिस आज नहीं आई हैं।"

"पर मैं फ्री नहीं…"

"मिस मिस…" की गुहार गूँज उठी।

"अच्छा कल सुनाऊँगी।"

आश्वस्ति का सूत्र पकड़ाकर मैं कमरे से निकल आई। अगले दिन याद न रहा, पर वे तो सुनने को यूँ उत्कंठित जैसे भक्त सत्संग के लिए आतुर हों।

मैंने भी निश्चय किया कि इन कच्ची उम्र की लड़कियों को फ्रस्ट्रेशन, डिप्रेशन जैसी नई व्याधियों से मुक्त कर ज़िंदगी की असली क़ीमत बतानी है, खुश रहने का हुनर सिखाना है, जीने का मतलब सिखाना है।

सो योजनाबद्ध तरीके से अपने बचपन के कई किस्से सुनाए। हर किस्से के

बाद क्लास में खुली चर्चा, आज के बचपन से तुलना और फिर संदेश। नैतिक शिक्षा के कितने ही विषयों को इन किस्सों में गूँथकर पाठ्यक्रम भी पूरा किया।

पर सबसे पहले 'मुनिया' पर लिखी कविता सुनानी पड़ी। जो उस मर्मांतक घटना के बाद मेरे मनोभावों की तहरीर बनी। मेरे द्वारा किसी मंच पर सुनाने के बाद अखबारी खबर से वे जान चुकी थीं कि मैंने एक कविता सुनाई है, जिसने श्रोताओं को भावुक कर दिया था।

मैंने कविता सुनाने से पहले वादा लिया कि वे बहादुरी से उसे सुनेंगी। पर आधी कविता होते-होते क्लास में सुबकियाँ छाने लगी थीं और सुनाते-सुनाते मेरी आवाज़ भी भर्राने लगी थी।

आज खोला जब दरवाज़ा
चीख पड़ी बेसाख्ता
वो झूल रही थी पंखे से
जिसे झुलाया था बाँहों ने
सिर्फ बारह बरस पहले
आज उसका साइंस का एग्जाम था
रात दो बजे तक
उसके कमरे की खिड़की का काँच
चमक रहा था दूधिया रोशनी में
क्या हुआ होगा चार घंटों में
उसने बादाम का दूध तैयार किया है
मुनिया के लिए
अब कौन पीएगा ?
नौ महीने पेट में उठाए घूमती रही
अठारह घंटों की प्रसव पीड़ा
उसे देखते ही छूमंतर हो गई थी
अठारह बरस तो ठहर जाती!
अभी लिपटी है सफेद चादर में
गोरा गद्गद पाँव झाँक रहा है
कितनी मालिश की थी

हल्दी और जौ के आटे की लोइयों से
तिल-तिलकर पाला था पोसा था
रेशा-रेशा बुना था, तिनका-तिनका जोड़ा था
सबसे बड़े स्कूल में डालने के लिए
कितनी चिरौरी की थी
घंटों धूप बरसात में चक्कर काटे थे
स्कूल के पहले दिन चूम लिया था उसके
गालों के साथ नन्हे बूटों को
पहली वर्षगाँठ को
उसके हाथों रोपा गया था
आम का पेड़ आँगन में
अमराइयों में लहकता है कुछ बरसों से
अब उसके हिस्से के आम कौन चूसेगा
कौन चुनेगा झड़े हुए टिकोलो को
पहला ईनाम जीतकर लाई
तो पापा ने किताबों का खाना
खाली कर दिया था
पर-साल नया रैक बना था
चमचमाती ट्रॉफियों के लिए
अब वहाँ खुद बिराजेगी
माला चढ़ी तसवीर में
नन्ही सी जान कच्चे-कच्चे पंख
ऊँचे-ऊँचे सपने बड़े-बड़े अहं
छोटे से घर में
कब दूर जा बैठी मुनिया
अपनी महत्त्वाकांक्षाओं की भीड़ में
क्या थी उलझन कोई डिप्रैशन
स्कूल की घटना कोई ग्रंथि
या कोई नया शगल एक्सपेरीमेंट का
बताती तो˙˙दिखाती तो

अपने मन का वीरान कोना
क्यों गुम हो गई
मेले में बिछड़े बच्चे सी
सदा के लिए

कविता खत्म होने पर कोई ताली नहीं बजी, कोई वाह–वाही नहीं हुई। सबने आँखों में बसे रचे आँसुओं से अपनी आत्मीय सहेली की यादों का अभिषेक किया।

वादे के अनुसार कल से मुझे अपने बचपन की किताब के पन्नों को खोलना है।

□

इमली

पुराने ज़माने की कई कहानियों में सुना था कि इमली के पेड़ पर भूत रहते हैं। शाम ढलने के बाद इमली तले जाना खतरनाक है। जंगल से गुजरो तो इमली के पेड़ के नीचे भूलकर भी न बैठो, भूत चिपट सकते है—वगैरह-वगैरह।

पर जाने क्यों इतना सुनने पर भी बचपन में इमली से बड़ा अनुराग था। तब मैं तीसरी-चौथी क्लास में पढ़ती थी। हमारे स्कूल के बाहर सड़क पर लाल इमली (किसी मीठे सिरप में लिपटी हुई) बिकती थी। हम दस पैसे की खरीदते, बेचनेवाला अपने डिब्बे में से लंबी-लंबी पाँच-सात इमलियाँ निकालकर कागज़ के टुकड़े पर रखता, उस पर टाटरी छिड़कता। इस प्रक्रिया को देखते-देखते मुँह की कोशिकाएँ इतनी सक्रिय हो जातीं कि जरा चूके नहीं, मुँह से फव्वारा छूट जाए। हाथ में आते ही हम कल्पवृक्ष से टूटे अमृतफल की तरह बड़ी श्रद्धा से उसे खाते-खाते घर का रुख करते। वो स्वाद मैं आज तक नहीं भूली हूँ···कैसा अलौकिक स्वाद!

आज कोई हजार रुपए किलो भी दे तो फट से खरीद लूँ।

एक आँख बंद करके चटखारे लेते हुए कटारे (सूखी इमली) पर नमक बुरक कर खाने का भी अलग ही मजा था और फिर खाने के बाद दाँत किटकिटाना भी अनोखा शगल···और तो और चियाँ भी खूब खाते। चियाँ यानी इमली के बीज। हम इमली खाकर बीज घर ले आते। उन्हें माँ तवे पर भून देती, अब फोड़ने से उनके गहरे भूरे छिलके झड़ जाते और भीतर से निकलते चौकोर मोतियों से सफेद चियाँ। हम उन्हें मुँह में रखकर सुपारी की तरह चुभलाते रहते। स्वादहीन होने पर भी घंटों जुबान पर घुमाते रहने का मोह न छोड़ पाते। हमारे लिए ये देसी च्यूइंगम थी।

अब न इमली का बूटा, न भूत की कहानी, न अंधविश्वासों पर विश्वास करने वाले अबोध बच्चे, न इमली के स्वाद सी खट्टी-मीठी यादें···

□

ज़नाना पार्क और शहतूत

पुरानी दिल्ली में एक 'ज़नाना पार्क' हुआ करता था। जहाँ अब चाँदनी चौक मेट्रो स्टेशन है। स्त्रियाँ घर का काम निपटाकर जाड़े की दोपहर में धूप सेंकने इस पार्क में आतीं। चाँदनी चौक की सँकरी गलियों की चारमंज़िला हवेलियाँ सूरज की तपिश से महरूम ही रहतीं। इन हवेलियों के बाशिंदे धूप के कुछ टुकड़ों की तलाश में इस बाग़ का रुख करते। आस-पड़ोस की धनाढ्य से लेकर मध्यवर्गीय परिवारों की महिलाएँ हिलमिलकर इस सैर-सपाटे को निकलतीं और सूरज डूबते-डूबते अपने घरों को लौट जातीं। यहाँ पुरुषों का प्रवेश वर्जित था।

हम बारह-साढ़े बारह बजे तक स्कूल से घर पहुँचते, खा-पीकर मटरगश्ती को तैयार। होम वर्क की कोई मारा-मारी नहीं थी और मॉक टेस्ट नाम की चिड़िया का तब तक हमारे आकाश में प्रवेश नहीं हुआ था। किसी की माँ व्यस्तता के कारण न जाती तो पड़ोसन के हवाले आजू-बाजू के बच्चों की फौज होती। न अपने बच्चों की सुरक्षा की चिंता, न किसी के प्रति कोई अविश्वास। सौहार्द के सहज सूत्र से वे भी बँधे रहते, जो दो दिन पहले किसी बात पर सिर फुटौवल कर रहे थे। विचित्र थी यह मुहल्ला संस्कृति, जिसमें बच्चों की आए दिन सस्ती और सुंदर पिकनिक हुआ करती।

हम बच्चे एक-दूसरे की ओर उछालकर फेंका जानेवाला रिंग (मोटे रबर का गोल रिंग) खेलते। थ्रो और कैच की कुशलता का खेल होता। जब थक जाते तो बैठकर गिट्टे खेलते या कोयले से लकीर खींचकर स्टापू।

पार्क में शहतूत से लदे नाटे पेड़ थे, जिन पर लटके हरे, जामुनी और काले शहतूत हमें इशारे से बुलाते। हम झुंड बनाकर जाते और पेड़ से झड़े शहतूत चुनते, मुट्ठियों में भरकर बाग़ के कोने में लगे नल की धार के नीचे धो डालते। फिर तपाक से बंद मुट्ठी को मुँह में उलीच देते। लंबी लड़कियाँ उचककर रसीले शहतूत

फ्रॉक की झोली बनाकर तोड़तीं। मेरे लिए यह काम दीदी करतीं जो मुझसे साल भर बड़ी पर आधा फुट ऊँची थीं। मजे की बात यह कि पार्क के कोने में दिन भर के थके-हारे दो-तीन माली बैठकर गपियाते रहते और ऐ लड़कियों···कहकर बीच-बीच में डपटते, पर न हम रुकते, न वे गप्पवाजी छोड़कर हमें खदेड़ने के लिए उठते। अपनी ड्यूटी भी कर ली, हम पर दया भी कर ली। क्या जमाना था···

मुझे शहतूत का रूप बड़ा विचित्र लगता जैसे कोई जीते-जागते कीड़े हों। पर खाने में उनका रस भरा स्वाद और शहद सी मिठास अभी तक आत्मा में बसी है। हाँ, कई बार घर जाकर फ्रॉक में पड़े शहतूत के दाग हाथ से कपड़े धोनेवाली माँ का कोपभाजन ज़रूर बनाते।

बचपन क्या बीता शहतूत से मुलाकात हुए एक उम्र बीत गई। अरसे से शहतूत के दर्शन ही नहीं हुए। हों भी तो शायद आज के बच्चे उन्हें न तोड़ें···गिरे हुए को कभी न खाएँ···हाइजीन का सवाल है··· फिर माली की सख्त निगाह और बाग़ में अनुशासन का पालन अलग···

□

त्योहार

"सम्मानित जो सकल विश्व में
महिमा जिनकी बहुत रही है
...कौन करेगा समता इसकी
महिमामय यह देश हमारा।"

सुब्रह्मण्यम भारती की ये पंक्तियाँ पढ़ाते हुए मन आत्मगौरव से भर उठा। देशप्रेम और देशभक्ति के बीज रोपने वाली हैं उनकी कविताएँ। पर आजकल देश का गुणगान करो तो युवा पीढ़ी देश के अवगुण गिनाने से परहेज नहीं करती। मेरी क्लास में भी यही हुआ। बस शुरू हो गया देश की कमियाँ, त्रुटियाँ गिनवाने का दौर। देखा जाए तो कटुसत्य को झुठलाना भी सच्चाई से आँख मूँदना है, पर केवल छिद्रान्वेषण अच्छी प्रवृत्ति नहीं, ठीक वैसे जैसे केवल प्रशंसा या अतिशयोक्ति उचित नहीं। अपनी मातृभूमि अपनी जन्मदायिनी माँ जैसी प्रिय होनी चाहिए। कोई स्त्री कितनी भी बुरी हो, पर माँ के रूप में संतान के लिए सबसे सुंदर सबसे अच्छी होती है। यही भाव हर देशवासी में भारतभूमि के लिए हो। शिक्षक होने के नाते पढ़ाते हुए ये प्रेरक बातें कविता के प्रसंग में छात्राओं के सामने रखी गईं।

"मिस, आखिर क्या है खास भारत में?"

"बहुत कुछ है, छह ऋतुएँ, एक सौ बाईस भाषाएँ (स्थूल अनुमान के अनुसार उपभाषा और बोलियाँ मिलाकर लगभग 1600), पैतीस नदियाँ (सऊदी अरब में तो एक भी नदी नहीं), दस महत्त्वपूर्ण पहाड़, दर्जनों त्योहार आदि-आदि।"

"पर मिस, नदियाँ सूख रही हैं, पहाड़ बंजर हो रहे हैं, त्योहार तो व्यापार बन गए हैं।"

"मुझे खुशी हुई तुम सब इतनी जागरूक हो, अब निश्चित रूप से देश का

बिगड़ा भूगोल सुधर जाएगा···संस्कृति बेहतर होगी···और हाँ, मुझे यह विषय बहुत दिलचस्प लगा—त्योहार तो व्यापार बन गए हैं। अब तुम लोगों को इसी विषय पर निबंध लिखकर लाना है।"

अगले दिन दसवीं की कुछ छात्राओं ने कॉपी जमा करने से पहले मेरे कहने पर दिए गए विषय पर अपना-अपना निबंध पढ़कर सुनाया।

अंत में हमेशा की तरह मुझे अपना होमवर्क सुनाना था। मैंने बचपन शृंखला में एक पन्ना और जोड़ दिया कुछ इस तरह—

बचपन की यादों में कुछ खास त्योहारों की खुशबू आज भी नुमायाँ है। आज जीवनचर्या के साथ जीवनमूल्य और संस्कृति में तेजी से बदलाव हुआ है। जीवन में रस भरने वाले त्योहार व्यापार बन गए हैं। ऐसे में बचपन के तौर-तरीके बड़ी शिद्दत से याद आते हैं। खासकर रंगों का पर्व होली।

कई दिन पहले से ही होली के त्योहार की भीषण तैयारी घर-घर में चलती। जहाँ से गुजरो पकवानों की खुशबू। संयुक्त परिवारों में दादी, नानी कनस्तर भर-भर गुझिया, मठरी, पापड़ी और बेसन के सेव बनातीं। होली के दिन भी पूड़ी, कचौड़ी, दही बड़े के लिए भोर से ही कड़ाही चढ़ी रहती। इस काम में अड़ोस-पड़ोस की बुआ, भतीजी, बहुएँ भी एक-दूसरे का हाथ बँटातीं। कई दिन पहले से ही कांजीवाला पानी तैयार कर दिया जाता, ताकि होली के दिन तक वह खूब खट्टा और चटपटा हो जाए।

एक दिन पहले यानी छोटी होली को धू-धू जलती होलिका के चारों ओर घर की सुख-शांति के लिए अपनी-अपनी माँ के साथ हम बच्चे सात फेरे लेते। माँ हाथ पकड़कर आग की लपटों में हमसे बूट (हरे चने की बालियाँ) भुनवातीं। जिन्हें छील-छीलकर हम मजे से खाते। मुझे सबसे ज़्यादा पसंद था होली पर माँ के हाथ की बनी मखानेवाली माला पहनना। इस मौके पर घर के बड़े-छोटे मिलकर गोबर के विभिन्न आकृति के उपले बनाते। बच्चे गोबर छूने में नाक-भौं न सिकोड़ते। असल में माँ के हर काम की नकल करना उस ज़माने में बच्चों का प्रिय शगल हुआ करता।

इसी तरह संक्रांति के लिए कई दिन पहले से ही तिल के लड्डू की तैयारी शुरू हो जाती। बाजार से काले तिल लाना, थोना, सुखाना, फटकना, सिल पर दरदरा पीसना और गुड़ के पाक में पकाना। इतनी मेहनत से बनाए लड्डू हम

चुटकी में चट कर जाते। पर मजाल है, जो माँ सक्रांति की पूजा से पहले हमें ये लड्डू चखने दे।

सबसे मज़ेदार होता लड्डू मिलने के बाद हम बच्चे एक साथ लड्डू का चौथाई हिस्सा बड़ी एहतियात से दाँतों तले चबाते फिर लड्डू को देखते, फिर एक और हिस्सा खाते, फिर देखते। असल में यह देखना जाँच होती थी, उस सिक्के की जो माँ धो पोंछकर इन लड्डुओं को बाँधते वक्त डाल देती थी। सिक्का दिखते ही उँगली से उसे खींच लेते और एक दूजे को दिखा-दिखाकर चिढ़ाते। कोई खुश होता, कोई उदास, क्योंकि किसी के लड्डू में अठन्नी निकली, किसी के चवन्नी और किसी अभागे के दस पैसे का मुँह चिढ़ाता सिक्का। अभागे दरिद्र की उदासी देख माँ कोने में ले जाकर उसे चुपके से एक और लड्डू दे देती।

एक और त्योहार मेरे बचपन की पोटली में कुलबुलाता है—बसौड़ा। उस ज़माने में चेचक की बीमारी का वजूद था। गाँवों में प्राय: छोटे बच्चों को यह बीमारी ग्रस लेती थी। शहरों में शिक्षा और सफाई के चलते प्रकोप कम था। तब तक म्युनिसिपेलिटी की तरफ से चेचक के टीके लगने का भरपूर प्रचलन हो चुका था। पर परंपराएँ समय की गति से बहुत पीछे चलती हैं। न जाने कब से हमारे पुरखे चेचक से बचाव के लिए शीतला माता की पूजा करते थे। हिंदू तो हिंदू मुसलिम परिवारों में भी इस पूजा की मान्यता थी, क्योंकि बच्चे हर घर की अमूल्य संपदा होते हैं। मैं दावे से कहती हूँ कि आज चेचक दुनिया से खत्म हो चुका है, फिर भी बहुत जगह आज भी बसौड़ा की परंपरा जस की तस निभाई जाती है। बसौड़ा को बसियौरा यानी बासी भोजन का त्योहार भी कहते हैं।

यह दिन शीतला माता की पूजा का दिन होता था। माँ पिछली रात को पूरे परिवार के लिए पूरी, सब्जी और गुलगुले पकाती थी। सुबह हम सब स्कूल जाने को तैयार होते। उसी गहमागहमी में माँ पूजा की थाली तैयार कर, उसमें बीती शाम के पकाए व्यंजन रखती और हाथ पकड़कर गली के चौराहे पर ले जाती, जहाँ पहले से ही किसी के द्वारा की गई पूजा के स्पष्ट अवशेष दिखते। हम अपनी यूनिफॉर्म बचाकर जल, रोली, अक्षत से चौराहे पर अमूर्त देवी का अभिषेक करते, प्रसाद चढ़ाते। मुलायम गुलगुले देख मुँह में पानी आ जाता, पर हमें तो स्कूल की आधी छुट्टी में टिफिन में से चखना ही नसीब होता।

पकवान हों या नए खिलौने या नए कपड़े, हर चीज हर वक्त उपलब्ध नहीं

थी। त्योहारों के बहाने साल भर की अधूरी इच्छाएँ पूरी होतीं। सहज नसीब न होनेवाली वस्तुएँ त्योहारों पर पके फल की तरह झोली में आ गिरतीं और अपूर्व आनंद देतीं। मेरे पिता सहज ही कोई माँग पूरी नहीं करते थे। दो-तीन बार मनुहार करनी पड़ती थी। एक बार मैंने पिता से पूछा, "आप क्यों तरसाते हैं, बाद में पूरी करनेवाली इच्छा पहली बार ही क्यों नहीं मान जाते।" वे बोले, "बेटा, अभाव में ही कद्र होती है।" सच कहा, न सिर्फ कद्र, अपितु उससे अगाध खुशी और तृप्ति मिलती थी। यह तरसना भी धीरज धरने की एक ट्रेनिंग होती थी। मिला तो अच्छी बात, न मिला तो मिल जाएगा।

आजकल बच्चों को सारा साल सब कुछ उपलब्ध है। वे त्योहारों के मोहताज नहीं हैं कि फलाँ पर्व आएगा, तब फलाँ माँग पूरी होगी। कई घरों में आज की आज इच्छा पूरी न हुई तो बच्चे कोपभवन में चले जाते हैं, खाना नहीं खाते…और तो और छोटी-छोटी नाराजगी पर पंखे से झूल जाते हैं।

हम पैदायशी खुशदिल और गरीबी में भी खुशहाल थे। आज के बच्चे पैदायशी नाखुश और खुशहाली में भी बदहाल हैं।

"पर मिस, हम ऐसे नहीं हैं।" कुछ छात्राएँ बोल उठीं।

"सच्ची! तो कैसे हो तुम लोग?" मैंने लाड़ दिखाते हुए पूछा।

"अच्छे बच्चे!"

"मेरे सच्चे बच्चे!" मैंने दो शब्द और जोड़ दिए…सुनकर मेरे अच्छे सच्चे बच्चों के चेहरे मोगरे के फूल बन गए।

□

कंपनी बाग़

अंग्रेज़ अपनी दो निशानियाँ भारत में छोड़ गए, एक 1857 के विद्रोह में इस्तेमाल की गई तोप और दूसरी देश के कई शहरों में अंग्रेज़ अफसरान की तफरीह के लिए बनाए गए खूबसूरत कंपनी बाग़। तब भारतीयों का उन बाग़ों में प्रवेश निषिद्ध था।

ऐसा ही एक बाग़ पुरानी दिल्ली में घंटाघर के पास था। आज न जाने उसकी सूरते हाल क्या है, पर मेरे बचपन का कंपनी बाग़ आज भी यादों की अनगिनत झिलमिलाती लड़ियों से सज़ा है। इसकी हरी घास के नर्म बिछौने को याद करते ही आज भी पलके मुँदने लगती हैं। किसी नींद की गोली से भी बढ़कर है इसका नशा। एक सम्मोहन सा अपनी गिरफ्त में लेने लगता है। कितने ही अलमस्त लम्हों का साक्षी रहा है यह कंपनी बाग़।

सर्दियों के मौसम में अकसर रविवार को मुहल्ले के सारे बच्चों और उनकी माँ, चाची, ताई के लिए मौज-मस्ती का एक खास मुकाम था—घंटाघर का कंपनी बाग़। स्त्रियाँ घास के दरीचों पर घर से लाई चटाई या दरी बिछा देतीं। महिलाओं की टोकरियों से निकलकर लाल-गुलाबी ऊन के गोले और सिलाइयाँ हाथ में आ जातीं। हाथों के साथ जुबान भी चलती। बतकहियों के कितने ही स्वेटर झटपट बुन लिये जाते। कभी किसी की प्रशस्ति तो कभी तापमान को बढ़ा देनेवाली गर्मागर्म खबरें···सभी औरतें गली की ताई की चटपटी चुगली-कला की मुरीद थीं।

"तब ताई, और सुनाओ"···पाँसा फेंकने की देर कि ताई शुरू···

एक तरफ बच्चों के लिए चादर बिछ जाती। बीचोबीच मूँगफलियों का एक नन्हा सा पहाड़ उँड़ेल दिया जाता। हम गोल घेरा बनाकर अपने लक्ष्य पर टूट पड़ते। मूँगफलियाँ छीलकर खाने में सबका सलीका बिल्कुल एक···शत्रु सेना के धुरंधरों पर आक्रमण पहले किए जाने की नीति की माफिक मोटे और बड़े दाने पहले साफ़

किए जाते, बाद में अनाथ से छुटके-छुटके दाने बचे रह जाते, जिन पर खानेवाले खास तवज्जो न देते।

बच्चों का झुंड देखकर छोटे-मोटे फेरीवाले रंग-बिरंगे गुब्बारे और पतंगों को अपने लंबे से बाँस पर बाँधे हमें लुभाने चले आते। कोई लेने को जिदियाता तो माँ घुड़कती, "अरे नहीं, गुब्बारा फूट जाएगा या गुड्डी (पतंग) फट जाएगी···"

आज हँसी आती है, कोई उन मातृशक्तियों से पूछे कि ब्रह्मांड में कौन से गुब्बारे और पतंगें अमर हैं! टूटने-फटने में ही उनके निर्माण की सार्थकता है। पर माँग करनेवाला बच्चा इन हिदायतों को ब्रह्मवाक्य मानकर दिल में उठी हिलोर को बोतल में जिन्न की तरह बंद कर देता, फिर अनायास अपने खेलकूद में मशगूल हो जाता। मन में जगी हालिया इच्छा को पल भर में भूल भी जाता। न कोई डिप्रेशन, न फ्रस्ट्रेशन, न डिमोरलाइज़ेशन···क्या जाने किस मिट्टी के बने थे उस दौर के बच्चे!

बहरहाल हमें घर से लाए संतरे, सेब और अमरूद के साथ बहुधा ककड़ी और टमाटर भी खाने को मिलते। सबसे मज़ेदार याद उस पापड़वाले की है, जो अपने कद जितनी ऊँची, गोल और गहरी बाँस की टोकरी में साफ़ कपड़े से ढके चावल के तले हुए पापड़ लेकर आता और शायद अठन्नी या एक रुपए में थाली भर साइज के पापड़ पर काला चाट मसाला छिड़ककर देता। उसे खाने की खास कला थी। हम उसे उलटा करके खाते, क्योंकि सीधा खाने पर तड़तड़ा कर टूटते पापड़ पर बिखरा मसाला आँखों और नाक में चला जाता और नौसिखिया खानेवाले का खाँसते-खाँसते बुरा हाल हो जाता। छोटे बच्चों के लिए एक पापड़ के दो या चार टुकड़े किए जाते। यह पापड़ हमारी चटोरी जीभ को कभी संतुष्ट न कर पाते। कंपनी बाग़ के अगले फेरे की ललक लिये हम ललचाई नजर से जाते हुए पापड़वाले को बाग़ के अंतिम छोर तक देखते रहते।

यह ललक और अधूरी प्यास ही हमारे खुशहाल बचपन की कुंजी थी। छोटी-छोटी अधूरी ख्वाहिशें धीरज धरना सिखाती थीं। छोटे छोटे अभाव मीठे इंतज़ार की ट्रेनिंग देते थे। ज़िंदगी ही किताब थी और बचपन ही पाठशाला···

□

वृहस्पतिवार

प्राइमरी स्कूल के बाद दिल्ली के रामजस हायर सेकेंडरी स्कूल में दाखिला लिया। वहाँ की दर्जनों अच्छी बातों में से एक खूबी, जो आज याद आ रही है, वह थी—हर दूसरे या तीसरे वृहस्पतिवार को स्कूल के हॉल में हमें प्रोजेक्टर पर फिल्म दिखाई जाती थी (पता नहीं टीचर्स हमारा पाठ्यक्रम कैसे पूरा करते थे)। इस क्रम में मैंने जागृति, काबुलीवाला, सुजाता, अनपढ़, डॉ. विद्या, हक़ीक़त, दोस्ती और न जाने कितनी वृहस्पतिवार देखीं। इन सारी फिल्मों ने हमारे दिलोदिमाग में दोस्ती, सेवा, त्याग और प्रेम का ऐसा ताना-बाना बुन दिया कि हम एक खास साँचे में ढल गए, पर दो फिल्मों ने मेरे कच्चे मन पर बहुत बहुत गहरा असर छोड़ा—एक, मनोज कुमार की शहीद, दूसरी धर्मेंद्र की सत्यकाम।

मुझमें आज तक जो भी देश के प्रति जज्बा है वो 'शहीद' फिल्म की देन है। तीनों जियाले नायक जब हँसते-हँसते 'मेरा रंग दे बसंती' गाते हुए फाँसी के फंदे की ओर जाते हैं, उस दृश्य ने मुझमें एक अपूर्व अलौकिक जादुई सम्मोहन भर दिया था। आज भी याद करती हूँ तो भुजाएँ फड़कने लगती हैं, देश का कद माँ-बाप, बेटे-बेटी से बहुत ऊँचा मालूम होता है।

फिल्म 'सत्यकाम' में सच को तपते देखा, सच के प्रति नायक की जिद उसे मौत के आगे भी झुकने नहीं देती, एक तवायफ को स्वीकारने का साहस और आदर्श की मिसाल ने मुझे चमत्कृत कर दिया था। उस चरित्र ने मानो मुझसे एक मूक वादा ले लिया था—ताउम्र सत्य की रक्षा का। इस तरह की फिल्मों के रंग पर दुनियावी झूठ-फरेब का रंग टिक नहीं पाया। काफी सालों तक अनाड़ी और बुद्धू का ठप्पा लगता रहा, व्यावहारिकता हारती रही आदर्श जीतते रहे। फिर ज़िंदगी की धूप-छाँव, वक्त के थपेड़े और उम्र के तकाजे मायनों को बदलने लगे। फिर भी पानी को कितना भी खौला लो अंततः वह ठंडा ही होगा, शीतलता ही उसका स्वभाव है। आदतें नहीं बदलतीं।

काश हमारी शिक्षा नीति के तहत स्कूलों में बच्चों को ऐसी चुनिंदा फिल्में अनिवार्य रूप से दिखाई जाएँ कि उनके मन की कच्ची मिट्टी में अच्छे नागरिक और नेक इंसान बनने के सद्गुण अनायास आरोपित हो जाएँ। आज जब चारों ओर इतना फ्रिक्शन, टेंशन और बेचैनी है, इस तरह के प्रयास और प्रयोग ज़्यादा ज़रूरी बन जाते हैं।

बहरहाल खुद को खुशकिस्मत समझती हूँ कि वक्त ने मेरी झोली को एक भोले-भाले सीधे-सादे, भरे-पुरे बचपन की सौगात बख्शी।

□

जोगिरा सरर...

बचपन की होली याद है, उमंगों-रंगों से महकती, हँसी-ठिठोली से चहकती, मौज-मस्ती में बहकती एक बेहद खास सुबह। जिसकी पिछली रात बिरह की नागिन सी बहुत लंबी होती थी और अकसर आँखों में ही गुजरती थी।

पिछली शाम के तयशुदा समय पर तयशुदा सामान मसलन बालटी, मग, पानी, रंग, पिचकारी, गुब्बारे वगैरह लेकर छत पर पहुँचने की असह्य आतुरता। भोर में सूरज काका भी शरारत पर उतर आता, देर तक चादर तानकर सोने का बहाना करता। हम बच्चे भोर से ही किरण फूटने की राह देखते।

उस इकलौती सुबह माँ से पहले उठ जाते। पहले से ही निकालकर रखे रंग उड़े, बखिया उधड़े या छोटे हो गए, कई बार पिछली होलीवाले कपड़े पहनते। बटन टूटे हैं तो माँ सेफ्टीपिन या जल्दी से सुई-धागा ले टाँका लगा देती। पर कपड़े फटे-घिसे नहीं होते थे, आखिर लड़कियों के शील की बात थी... खींचतान, पटका-पटकी में कहीं कपड़े फट गए तो! तौबा-तौबा!

चेहरे, हाथ-पैर और शरीर के खुले हिस्सों पर तेल का पोचारा होता। उस दिन छत पर पहुँचने की मारा-मारी में शॉर्टकट नाश्ता जैसे ब्रेड या पिछली रात के घी में तर तह वाले चौकोर पराँठे का रोल बनाकर चाय या लस्सी से गटकते।

माँ की रसोई में दहकती अँगीठी पर कड़ाही चढ़ी रहती। खास तौर पर गुझिया और मसालेदार बेसन के सेव बनते। होली खेलने, दूसरी छतों की होली देखने और गली में ढोल बजाते नाचते-गाते मतवालों की टोली को छत या छज्जों से उचक-उचककर ताकते करीब तीन घंटे कैसे बीत जाते, इल्म ही न रहता।

काले-पीले, रंगों से पुते चेहरे पहचान में न आते। वैसे ही भूत बने झुंड-के-झुंड एक-दूसरे के घर के द्वार पर जाते। हर घर में द्वार पर ही शिवजी की बारात सरीखी भूतिया टोली के लिए थाली भर-भर गुझिया, सेव परोसी जाती। जात-पात,

लिंग-भेद से परे बच्चों की हथेलियाँ पल भर में सारी थाली साफ़ कर देतीं।

अपने घर की गुझिया खाने की पेट में जरा भर गुंजाइश न रहती। गरम पानी से यथासंभव रंग छुड़ाते पर अगले आठ-दस दिन कइयों के चेहरे, गरदन, हाथ-पैर होली की मस्तियों की चुगली करते। दोपहर बाद थकी पस्त देह जो पलंग पर गिरती तो साँझ ढले तक होश न रहता।

पर जब बचपन छूटा, स्कूल की सीढ़ियाँ कॉलेज की दहलीज पर जा पहुँचीं तो होली के मायने बदलने लगे। उन्मुक्तता को उच्छृंखलता में बदलते देखा और निश्चिंतता को भयभीत होते देखा। उसके बाद तो बरसों तक होली बिगड़ैल शोहदों का हुड़दंगी त्योहार बनकर रह गया। दो हफ्ते पहले से ही कस्बों से लेकर बड़े शहरों तक सड़कों पर रंगों की पिचकारी और गुब्बारों से लैस लड़कों की निरंकुश आवारगी शुरू हो जाती···आक्रमण के लिए शिकार की तलाश। दूसरी ओर दुपट्टे से चेहरा छिपाए, सिमटी और डरी हुई लड़कियाँ आखेट के भय से भागती हिरनी की तरह स्कूल-कॉलेज से लौटते हुए जल्द-से-जल्द अपने घर की ड्योढ़ी तक पहुँचने को व्याकुल। पैदल जाती लड़की के सीने या पीठ पर, कूल्हे या गाल पर कोड़े की तरह सटाक से गुब्बारे का वार होता और गुब्बारे में भरा रंगीन पानी उसके कपड़ों के साथ-साथ उसके स्वाभिमान को भी छिन्न-भिन्न कर देता। या रिक्शे पर जाते हुए कोई उद्दंड रंग मलने के बहाने गालों को छूने की हिमाकत करता। बुज़ुर्गों का कहना—भई, होली में घर से न निकलो वरना यह तो होगा ही।

यह त्योहार लड़कियों को छूने, उनका अंगमर्दन करने, जीजा-साली या देवर-भाभी के रिश्ते की आड़ में अश्लीलता और अवांछित छेड़छाड़ की छूट नहीं देता। इसका मकसद रूठों को मनाना, बैर को मिटाना और मर्यादित चुहल द्वारा जीवन में आनंद के रंग भरना है। होली के लोक गीतों में उमंग और सौहार्द के साथ मीठी छेड़छाड़ का पुट होता है। आज यह सब लुप्त हो रहा है।

आज लड़कियों के लिए असुरक्षा के माहौल में हम अपने लाडले बेटों को लड़कियों की इज़्ज़त करना सिखाएँ, बिना इजाजत वे किसी को रंग न लगाएँ, उन्हे आतंकित न करें। लड़कियों की आँखों में मुसकान और जीवन में सुरक्षा का रंग भरना, उनका फर्ज होना चाहिए, फिर वह लड़की बहन हो, दोस्त हो, सहपाठी या सहकर्मी।

यद्यपि आज महानगरों में यह हुड़दंग कम हुआ है, पर उसका कारण लड़कों

का संस्कारवान होना नहीं, लड़कियों का वीरांगना अवतार है, जिनके पर्स में मिर्ची स्प्रे रहता है और हाथ में मोबाइल।

होली के दिन यदि हर लड़का प्रण करे कि वह समाज में लड़कियों की सुरक्षा में सेंध लगानेवालों का साथ नहीं देगा तो फिर आकाश में पंख पसारनेवाली लड़कियाँ जमीन पर अपनी रक्षा खुद ही कर लेंगी।

जब तक आधी आबादी का जीवन आजादी और बेफिक्री से महरूम है, संसार के लाल-गुलाबी-नीले-पीले सारे रंग फीके और बेनूर हैं और फागुन बेगुन...

□

फ़ालसे

अब तो सिर्फ शक्ल याद है। बिछड़े साथियों से वो बैंजनी रंग के गोल-गोल दाने···यानी फ़ालसे। मेरे बचपन की यादों में नुमायाँ है इनका अक्स।

फ़ालसेवाला दो-एक दिन पर टेक लगाता हुआ, गली में अवतरित होता। उसके सर पर रखी चौड़ी टोकरी किसी साफ़ से कपड़े से ढकी रहती। गली के अंतिम छोर से वो हमारे घर की दिशा में आता और घर के बाहर बनी पत्थर की लंबी चौंतरी पर टोकरी उतारकर बैठ जाता, जल्द ग्राहकों का जुटान हो जाता।

दुअन्नी-चवन्नी लिये कई हाथ उसकी ओर बढ़ते।

वो "सबको मिलेगा"—कहते हुए ढाँढ़स देता। फिर टोकरी से कपड़ा हटाता। आधी टोकरी में वो काले-बैंजनी मोतियों जैसे दाने करीने से सजे रहते और दूसरे अर्धांश में खिलौने जैसा छोटा सा तराजू रखा रहता, जिसके पलड़े दो-चार छोटे और बहुत छोटे काले-काले गोल पत्थरों को अपनी गोद में समेटे रहते। ये पत्थर सौ-दो सौ ग्राम और पचास ग्राम के बाट का काम करते। वहीं पास में मसाला भरा एक काला डिब्बा अपने नीचे कागज़ के एहतियात से फाड़े हुए कितने ही चौकोर टुकड़ों को बड़ी निरंकुशता से दाबे रहता। फेरीवाला मशीनी गति से पलड़े पर कागज़ का टुकड़ा रखकर फ़ालसे तौलता जाता फिर दूसरे कागज़ पर उन्हें पलटकर डिब्बे से मसाला छिड़कता और ग्राहकों की नन्ही हथेलियों पर रखता जाता। उसके कुशल हाथों की हरकतों को हम अचंभित होकर ताकते। इसी बीच बच्चों के हाथ से सिक्के लेकर वह टोकरी में रखे एक-दूसरे डिब्बे में डालता जाता। हर सिक्के के साथ छन की छनकती आवाज़ कानों में जल-तरंग सी मालूम होती। हम सब छोटी-छोटी उँगलियों से फ़ालसे के दो-दो दाने खाते। फ़ालसे का खट्टा-मीठा स्वाद बड़ा मनभावन लगता।

पर असल में यह बड़ा धोखेबाज जंगली फल है, जिसमें बाहर नाम भर की

स्किन और अंदर गुठली होती है। हम दस-बीस फ़ालसे खाने तक गुठलियाँ न फेंकते। बल्कि उसकी बाहरी परत कंठ से उतर जाने के बाद भी गुठलियों को मुँह में घुमा-घुमाकर चूसते रहते। जब खाने योग्य एक रेशा भी न बचता, तब जाके उन्हें उगलते। उसके बाद मुँह के अंदर गालों और होंठों के भीतरी हिस्से खुरदरे से लगते। उसका भी एक खास जायका था। सो दोनों गालों की भीतरी दीवारों पर जीभ घुमाते रहते।

एक बार मैं फ़ालसे की कुछ गुठलियाँ निगल गई, मुझसे दो साल बड़ी भग्गो आँखें फाड़कर होंठों पर हाथ फैलाते हुए बोली—

"हौ, अब तो पेट में पेड़ उग जाएगा!"

उस दिन मैं इतना डर गई थी कि क्या कहूँ। डर्मिकूल पाउडर के विज्ञापन में एक बच्चे की पीठ पर उग आए काँटेदार पेड़ जैसी कल्पना अँतड़ियों में शूल पैदा करने लगी। खँखारकर गुठलियाँ उगलने की नाकाम कोशिश करती रही। फिर अपराधी भाव से खाँसते हुए घर भाग आई। गले में गुठलियाँ फँसी हुई थीं। माँ ने दुलार से पानी पिलाया और हँसते हुए मेरा भ्रम दूर किया।

मुझे सबसे ज़्यादा फ़ालसे का रंग भाता। खाने के बाद जामुनी और काली हो गई जीभ को भरसक बाहर निकालकर निगाहों से देखने की कोशिश करते, बमुश्किल जीभ का छोटा सा हिस्सा नजर आता। इस क्रम में एक-दूसरे की भैंगी हो गईं, आँखों को देखकर खिलखिलाकर हँसते।

बेवजह खुश रहना, खिलखिलाना, किलकना यही बचपन की परिभाषा थी। कूद-फाँद में घुटने में खरोंच तो आती थी, पर गाल पर पड़ी चपत की खरोंच दिल तक शायद ही पहुँचती। डबडबाई आँखों के साथ हँसते हुए कई चेहरे यादों में शुमार हैं··· धूप भी और बरखा भी। बड़ा सच्चा बड़ा अच्छा था बचपन···

□□□

* 9 7 8 9 3 5 3 2 2 7 1 6 6 *

FCW - #0128 - 061026 - C0 - 216/140/9 - PB - 9789353227166 - Matt Lamination